KB220486

길을 나서야 그려진다

길을 나서야 그려진다

초판발행 2023년 3월 3일
지은이 이윤경
펴낸이 최대석 **펴낸곳** 행복우물 **출판등록** 제2008-04호
주소 경기도 가평군 경반안로 115
전화 031-581-0491 **팩스** 031-581-0492
전자우편 book@happypress.co.kr
값 16,000   ISBN 979-11-91384-43-7

길을 나서야 그려진다

이윤경

행복우물

먼 길

잠시 말을 아끼고
내 뜻의 절반만 전해도 좋을 곳에서
어디든 땅바닥에 주저앉아
처음 보는 것들에 시선을 주다가
연필심이 둑둑 부러지도록
한참을 그려 대던 것들이 있었습니다.

무엇을 그린다는 것은
북북 그어만 대는 데서 나오는 게 아니지.

바라보고 기다리는 동안 응집된 몇 가닥의 선이
마치 용수철처럼 튕겨져 나와야 하는 거지.

마중하며

먼길 ... 4

1부. 그들

겨울 눈빛 ... 13

기억의 형상 ... 15

행복할 줄 아는 사람 ... 21

늙은 복사 ... 25

기다림이 추려낸 선 ... 27

시작이며 끝이 되는 자국 ... 31

젊은 흑인 걸인 ... 35

최고와 최선 ... 39

청소부 악타(Akhtar) ... 42

매운 고추 소스 ... 46

밥과 춤 ... 50

마저 그린 얼굴 ... 54

뜨거운 요리사 ... 58

첫 겨울코트 ... 62

반쪽짜리 기록 ... 66

마음이 고픈 것 ... 70

2부. 그곳

국수집 ... 77

잘 늙어가는 일 ... 79

밤빛자락 ... 81

농부 장터 ... 82

소리의 풍경 ... 84

산중 캠핑 ... 87

내가 가려던 곳 ... 90

호수바다 ... 91

나무집 ... 94

폭포멍 ... 96

가을의 자리 ... 99

긴밀하지 않은 어울림 ... 103

길을 나서야 그려진다 ... 106

치파와 공원(Chippawa park) ... 109

마음의 지도 ... 110

기억의 표현 ... 113

오래 보는 공간 ... 116

늦은 여정 ... 119

이른 여정 ... 120

3부. 그때

순간을 주문하다 ... 125

민들레약 ... 127

하얀 손바닥 ... 130

숨 ... 133

청년과 화가 ... 135

어울리는 자리 ... 136

미지근한 물 ... 138

여름 밀당 ... 140

바라던 마음 ... 142

미안한 문 ... 146

겨울 목도리 ... 148

종이의 공간 ... 150

위로를 전하는 침묵 ... 152

일상의 흔적 ... 154

담장 위의 한 접시 ... 156

감정의 길목 ... 159

작게 보아야 커지는 것 ... 162

시인에게 ... 164

4부. 그 후

나를 자라게 해준 것들 ... 171

소금간 ... 173

들어주는 마음 ... 174

옛 조각 ... 176

메모와 스케치 ... 178

물고기 조림 ... 181

라디오 ... 184

할머니 ... 187

일기장 ... 191

헌 것 ... 197

우리 동네 ... 199

계단에서 그리다 ... 203

밥 ... 205

목탄 ... 208

고동 ... 210

엽서 ... 211

배웅하며

걸음 ... 214

고마운 당신들께 ... 215

이윤경 개인전

1부

그

들

겨울 눈빛

그곳은 한겨울이었다. 습한 겨울이 눈을 많이 부른다는 이야기를 들었다. 그래서인지 물을 머금은 함박눈이 무겁게 내리는 날이 많았다. 쌓인 눈은 금방 녹지도 않고 얼지도 않아 해가 가장 좋은 정오쯤 바라볼 때가 그중 예뻤다.

주로 집에서 그 모습을 보는 날이 많았지만 바람없이 눈만 내려앉는 날이면 찾게 되는 곳이 있었다. 커다란 유리벽 너머로 바깥 풍경을 볼 수 있는 실내 수영장이었다. 게다가 수영장 한 켠에는 온탕이 있었다. 수영은 그저 허울이었고 나는 매번 온탕에서 눈구경을 했다.

그렇게 자주 그곳에 들르게 되면서 한 사람을 알게 되었다. 흑인인 그는 항상 온탕에 머물렀다. 고개는 약간 뒤로 젖힌 채 눈 내리는 풍경에 시선을 두곤 했다. 아프리카 어디에서도 눈을 닮은 것은 보질 못했다고 했다. 겨울이 있는 나라에 가면 하늘에서 날리는 얼음 결정체를 볼 수 있다는 말이 그에게는 소원 같은 것이 되었다. 소원대로 그는 겨울로 떠나왔다.

어쩌면 그는 겨울이 만들어내는 것들을 향유할 줄 아는 사람이었다. 그래서인지 몰라도 그가 누리는 겨울은 온기를 품고 있었다. 온탕에 앉아 밖을 바라보는 그의 표정이 말해주었다.

가장 겨울다운 모습은 어쩌면 눈빛에서 오는 것이 아닐까. 그해 겨울에 내리던 눈빛과 그것을 바라보던 그의 눈빛이 더없이 희었던 걸 보면. 창을 사이로 아낌없이 보여주고 한없이 보아주던 두 눈빛이 서로 닮아 있던 걸 보면.

기억의 형상

간혹 처음 스친 사람의 모습이 나도 모르게 기억되는 경우가 있다. 이런 얼굴에는 내가 그려 넣은 추상적인 형상이 늘 함께한다. 찰나에 떠오른 지극히 주관적인, 아마도 나의 직관이 만들어낸 것들이리라 짐작한다. 어쨌든 그 형상으로 누군가를 기억해내고 나면 말 한마디 섞지 않아도 왠지 가까워진 기분이었다.

누구는 샐러드를 먹기도 하고 어떤 이들은 조별 과제를 하느라 시끌벅적한 마치 광장 같은 곳. 나는 그곳에서 두번째로 샌디를 보았고, 언제 어디선가 그녀가 내게 남겼을 기억의 형상을 찾아 내는 중이었다.

그녀는 대학교 도서관에서 일했다. 휠체어를 운전하며 좁은 책장 사잇길과 서고를 막힘없이 다녔다. 자신의 공간을 적절히 조율할 줄 아는 사람이었다.

며칠 전 아침 일찍 남편이 도서관에 간 날이었다. 건물 출입구에 차를 세운 한 남자가 트렁크에서 휠체어를 꺼냈다. 잠시 후 운전석의 한 여자를 품에 안아 조심스레 그곳에 앉혔다. 그리고는 여자의 미소 짓는 얼굴을 두 손 가득 감싸 입맞춤을 했다.

남편은 그 여자가 내가 말했던 샌디 같아서 조금 눈여겨보았다고 했다. 사람 기억 잘 못하는 사람이 그것도 내게 얘기만 들었던 외국인을 단번에 알아보다니 그날의 장면이 꽤나 인상적이었던 게 분명했다.

이야기를 듣는 내내 두 사람의 한모습이 그려졌다. 하루를 여는 그들의 몸짓은 부부가 서로에게 줄 수 있는 모든 것의 시작이라는 생각이 들었다. 사랑하고 사랑받는 것. 비록 다리는 겨울처럼 꽁꽁 얼어버렸지만 서로의 사랑은 봄처럼 피어 오르고 있었다. 그날 그들의 아침 인사가 그랬다.

동시에 나는 오래전 그들이 당했을 아픈 시간을 조심스레 상상했다. 샌디에게 닥친 갑작스러운 첫날의 사고를 생각할 때는 공포가 몰려왔다. 이어 의식을 잃었다 며칠만에 눈을 떴을 환자의 고통에 영하의 한기가 차올랐고, 곁에서 밤을 세운 누군가의 감춰진 눈물이 떠올랐다. 움푹 꺼진 눈과 며칠째 면도도 하지 못한 초췌한 얼굴도 그려졌다.

17

그녀가 누워있는 병상은 이를 악물며 안간힘을 써 대는 아슬아슬한 숨으로 꽉 차 있었다. 시퍼렇게 멍이 들도록 꼬집어 댄 다리를 부여잡은 통곡에 다시 무서웠고, 휑한 눈에 들어찬 죽은 감정에 목이 메였다. 그렇게 놓아버린 많은 날을 흘려 보내자 악몽의 끝이 보이기 시작했다. 좁은 틈으로 들어차던 햇살 조각을 잡은 그들이 밝은 길로 걸어 나왔고 나도 고된 상상의 길에서 나왔다.

기억의 고리를 따라가 보니 내가 샌디를 처음 만난 건 학교에서 동네로 접어들던 산책로에서 였다. 나무를 그리다가, 집을 그리다가 할 때였다. 귓가에 먼 숨소리가 들려왔다. 드문드문 이어지다 멈춰선 숨. 그것을 찾으려 나는 두리번거렸다.

땅에서 올라온 새싹과 이름모를 들꽃들을 보느라 휠체어에서 허리를 숙인 한 여자가 보였다. 그녀의 숨도, 얼굴도 붉어 있었다. 호흡을 고른 여자는 찬찬히 풀밭을 바라보다 내 곁을 스쳐 지나갔다.

그녀 뒤로 봄이 번지고 있었다. 그 뒷모습에 대고 그려 두었던 기억의 형상이 마침내 그녀와 이어지고 있었다. 흐린 연필선이 수차례 겹쳐지면서 드러난 이미지였다. 그것은 분명 같은 날 같은 곳에서, 내가 보던 것들과 그녀가 보던 것들의 모습이었다.

알려주지 않아도 봄이 되면 소리 없이 태어나 흔한 봉오리를 틔우는 대견한 녀석들에게는, 딱딱한 휠체어 바퀴를 젓다가 애정 어린 눈길로 그 녀석들을 바라보던 샌디에게는 그날의 붉은 노랑을 칠해주고 싶다.

20

행복할 줄 아는 사람

사진 속 그녀의 딸은 흑인이었다. 아프리카에서 버려진 미혼모의 아기를 입양하기 위해 정부 기관을 오가며 수개월을 기다렸다고 했다. 아이의 엄마로서, 그 즈음부터 나는 쉐리를 다른 마음으로 바라보기 시작했다.

눈이 많이 내린 어느 날 그녀가 수업에 한 시간이나 늦었다. 아이의 스쿨버스가 눈 때문에 오지 않아 학교까지 데려다 주느라 늦었다고 했다. 그녀는 우리에게 미안하단 말 대신 스크린에 뜻밖의 사진들을 보여준 것이었다. 그러면서 그날 수업의 절반을 딸에 대한 이야기로 채웠다.

아이가 이제 막 학교에 다니기 시작한 어린 나이어서 인지 그녀의 마음은 온통 아이의 풍경들로 그려져 있었다. 아이가 강아지를 산책시키겠다며 눈밭에서 뒹굴다 온 오후, 강아지 간식 주는 방법을 아이가 유튜브에서 찾아보느라 끼

니도 거른 저녁. 이런 사소한 일들이 그녀에게 엄마의 자리를 심어주고 있었다.

수업을 듣는 4개월 동안 나는 가끔 그녀의 사무실에 들러 보았다. 독립된 사무실은 아니었고, 다른 선생님들과 함께 공유하는 공간이었다. 작은 책상과 책꽂이가 전부였다. 빈 의자를 끌어와 나를 반겨 앉히고는 되지도 않는 내 영어를 받아주었다.

내가 찾아갈 때마다 그녀는 따뜻한 코코아를 주로 주었는데, 아이 때문에 자기도 마시게 되었다며 코코아가 채워진 책상 속 서랍을 보여주기도 했다. 그녀 책상에는 이제 막 앞니가 빠진 아이의 사진이 놓여있었다. 가족을 만든 그녀의 결심이 아이의 환한 미소에 담겨있었다.

중년을 넘긴 미혼의 그녀가 어떤 마음으로 흑인 아이를 입양하게 되었을까 생각해보았다. 그 처음으로는 아이들을 예뻐하는 천성이 있었을 것이다. 어쩌면 버려지고 방치된 어린이들을 위한 봉사 활동을 했을지도 모른다. 사랑으로 돌보아주는 단 한 사람만 있어도 아이들은 얼마든지 밝고 건강하게 자랄 수 있다는 희망을 보았을 수도 있다.

다음으로는 자신이 그런 아이의 보호자가 되어 잘 성장할 수 있도록 돕고 싶은 연민이 생겼을 것이다. 특별히 아프리카의 아이를 가족으로 맞이했다는 대목에서 더 그러했다.

결국 쉐리는 혼자서 모든 과정을 거치고 실천에 옮겨 행복할 줄 아는 사람으로 살아가고 있었다.

남들 시선을 두려워하지 않아야, 사람에 대한 편견이 없어야 고유한 행복이 모습을 드러낼 때가 있다. 욕심 없는 마음에서 자라던 바람들이 삶에 피어났을 때 느낄 수 있는 것. 쉐리의 지금이었다.

늙은 복사*

미사가 시작되고 신부님께서 입장하셨다. 그 뒤를 백발의 할아버지가 따랐다. 미사 내내 그는 옆에서 신부님을 도왔다. 이제껏 보지 못한 풍경이었다. 고령의 할아버지께서 복사를 서시다니.

대부분 복사는 어린 아이들이 서는 경우가 많다. 왜 그런지는 알아보지 못해서 모르겠다. 분명히 이유는 있겠지만, 순전히 내 마음대로 유추해보자면 아마도 아기 천사의 이미지를 나타내고자 그런 것 같다는 생각이 든다. 그래서인지 복사 옷은 항상 하얀색의 드레스였다.

그렇다고 어른들이 복사를 서지 못하는 것은 아니다. 실제로 내가 다니던 고향 성당에서는 중장년의 남성분들이 복사를 서기도 했다. 사실 복사가 중요한 것은 아니지만 나의 경우에는 어떤 사람이 복사를 서느냐에 따라서 미사의 느낌

*복사(服事, Altar server):천주교의 성당에서 사제의 예식 집전을 보조하는 평신도

이 조금씩 달랐다.

아이들이 서면 작고 귀여워서 미사도 가볍게 느껴졌고, 어른들이 서시면 미사에 무게가 더 실리는 것 같았다. 굳이 말하라면 나는 어린이 복사를 더 좋아한다.

그런데 이번처럼 나이가 연로하신 노복사는 처음 보았다. 그쯤 나이가 되신 분들은 거동이 불편하신 경우가 많아 주로 성당 앞자리에서 처음부터 끝까지 앉아만 계시는 경우가 많다. 설령 몸이 건강하셔도 복사를 생각 못하신다.

신부님께는 죄송한 일이었지만 미사 내내, 내 눈은 할아버지 복사만 따라다녔다. 하얀 복사 가운을 입으시고 두 손을 가슴 앞에 모으고 계셨다. 조금씩 떨리는 손은 잡아주고 싶었고. 숙인 고개와 굽은 허리는 이내 안쓰러움으로 안겼고. 천천히 신부님의 시중을 드는 모습에는 저렇게 겸손해져야지 낮아져야지 스스로를 꾸짖었고……

미사가 끝나고 불이 꺼진 성당에서 한참을 일어설 줄 몰랐다. 반성 같은 부끄러운 기도들이 입가에 매달렸다 날아간다. 닫혔던 문을 열고 나가니 맑은 하늘이 나를 안아주는 것이었다.

기다림이 추려낸 선

창가에 놓인 노란 의자는 바깥 풍경을 마주하기에 좋았다. 나는 자주 그곳에 앉아 강물과 그 곁을 따라 자라는 나무들을 보곤 했다. 천정이 높고 한쪽 벽면 전체가 통유리로 된 밝은 곳이었다.

나는 주로 아이들이 보는 영어 동화책을 읽었다. 그러다 모르는 단어가 나오면 책을 들고 도서관 직원에게 갔다. 손발짓까지 동원해 질문을 해보는 것이었다. 중년의 외국 여자가 동화책을 들고 와 물으니 그들도 적잖이 당황하는 눈치였다. 개중에는 빠른 말로 열심히 설명해주는 사람도 있었고 더러는 아주 간결하게 말을 맺는 이도 있었다.

그러나 앨리스는 조금 달랐다. 낮은 어조와 느린 말투, 게다가 상대를 바라보는 부드러운 시선까지. 만약 사람을 자연에 비유하라 한다면 그녀에게는 수평선이 어울렸다. 보고 있으면 한 숨 고르게 되고 어느 한 지점부터 따라가게 되던 수평선.

그렇게 안면을 트고 나니 동화책을 사이에 두고 개인적인 이야기들도 종종 나눌 수 있게 되었다. 나는 그녀에게서 오래전 이탈리아에서 캐나다로 돈을 벌러 온 그녀 아버지와 부모의 반대를 무릅쓰고 도망나와 사랑하는 남자를 따라온 그녀 어머니의 힘겨웠던 이주 이야기도 들을 수 있었다. 나도 가족사나 관심사를 말해주었고 자연스레 그녀는 내가 그림 그리는 사람이라는 것도 알게 되었다.

내가 사람들의 얼굴을 그리는 이유는 두가지 맥락을 갖는다. 하나는 사람의 이목구비를 최대한 닮게 뽑아내는 관찰력을 기르기 위해서이고. 사람들에 대해 글을 쓰듯이 표현하기 위한 것이 다른 한가지이다. 두 가지가 모두 되면 좋겠지만 나는 그럴 능력이 되지도 않고 무엇보다 후자에 더 노력을 하는 편이다.

앨리스를 그렸던 크로키는 이삼 분도 채 걸리지 않는, 그래서 순간을 담아내야 하는 짧은 스케치였다. 열 개의 선으로 그려낼 것을 하나의 선에 함축시키는 것이다. 그러려면 백 개의 선을 긋는 연습이 필요하다.

그녀를 보아온 동안 내 의지와는 상관없이 이미 머릿속 종이엔 그녀를 표현한 선들이 중첩되었다. 그 대부분은 완

벽하게 드러나기보다 서로 묻히며 흐려진 형체들이 많다. 나는 이것들을 물끄러미 바라보는 시간이 좋다. 자연스럽게 연결되거나 또는 다른 형태로 구현되는 과정을 아끼기 때문이다.

처음부터 드러나는 진한 것은 첫 눈을 사로잡을 수 있으나 결국 완성에 이르는 것에는 연한 것들이 쌓여 이어진다는 것을 알기에.

잔잔한 물결을 수십 번 긋다 보면 거기서 수평선이 나오는 거지.

시작이며 끝이 되는 자국

그곳에서는 아이들이 축구하는 날 온 가족이 함께 경기장을 찾았다. 유모차에 아기를 데려온 엄마들은 캠핑의자에 앉아 있고, 아빠들은 잔디에 반쯤 누워 아이들의 경기를 지켜보는 것이 보통이었다.

그러나 그 한국 아빠는 달랐다. 경기장 바깥에서 목이 터져라 아이를 코치하기 바빴다. 답답한 마음에 코트 주변을 뛰어다니기도 했다. 골키퍼를 하는 자신의 아이를 향해 연신 목소리를 높였다. 그렇게 복작거리던 한 계절이 갔다.

한달의 휴식기를 갖고 다음 시즌이 시작된 가을이었다. 멀리 그 가족이 보였다. 무언가 크게 달라져 있었다. 휠체어에 몸을 맡긴 아빠의 모습이었다. 아이를 향한 목소리는 들을 수 없었다. 꼼짝 않고 경기를 지켜 보기만 했다.

다시 찾아온 겨울 경기 첫 날. 휠체어의 아빠는 검게 파인 얼굴에 하얀 털모자를 쓰고 있었다. 순간 머금었던 숨을 어떻게 뱉아내야 좋을지 알 수 없었다. 어깨는 금방이라도 꺼질 듯 내려앉았고 굽어진 등은 간신히 버티고 있었다. 낮고 부족한 숨이 그를 겨우 지탱시켜 주고 있었다. 자꾸만 아래로 떨어지는 고개를 힘겹게 세워 아들의 경기를 보려 애썼다. 그러다 힘에 겨우면 잠깐씩 눈을 감기도 했다. 이내 닥칠 죽음이었다.

큰 병을 진단받고 모든 것을 정리해 캐나다 시골 마을에 온 가족이었다. 그들에게 이곳은 시작이었을까 아님 끝이었을까 조심스레 생각해보았다.

병원에서 누워만 있는 아빠의 모습보다 축구장에서 소리라도 지를 수 있었던 시작이었을 거라고. 아내와 아이들에게 넓은 세상을 보여주고 픈 시작이었을 거라고. 그렇게 전하지 못할 말들을 지어만 보았다.

경험해보지 않은 죽음을 감히 상상하니 먼저, 인절미처럼 길게 늘어난 삶의 연민이 가슴을 잡는다. 이어서 많은 눈물이 흐른다. 그렇게 시원하게 울고 난 뒤에는 연필을 잡고 종이에 시작하는 선과 끝나는 선을 그어본다. 여기가 시작이라고 거기가 끝이라고 할 것 같았는데 한없이 이어진다. 잠시 위안에 안긴다.

자고 일어나니 밤새 눈이 내린 모양이다. 세상이 종잇장

처럼 하얗다. 그곳에 첫 발을 떼어 시작이며 끝이 되는 자국
을 남겨본다.

젊은 흑인 걸인

행인들 발걸음 사이로 부스러기를 주워 먹던 비둘기들이 유난히 많던 곳. 터미널 광장 벤치에 한 노숙자가 늘 누워있었다. 그를 스케치하기 위해 나는 일주일이 넘도록 매일 그곳에 들러 몇 시간이고 그를 보았다.

배가 고프면 천천히 일어나 어디론가 밀려갔다가 다시 밀려 돌아왔다. 거의 하루 종일 누워 잠을 잤다. 처음에는 마음이 시려서 똑바로 얼굴을 보기가 미안했다. 보름달 빵과 우유 하나를 머리맡에 놓고 오는 것이 내가 할 수 있는 일이었다.

그로부터 20년이 지난 어느 겨울날, 나는 오래전 마주했던 노숙자의 기억과 대면하게 되었다. 그곳도 사람들로 붐비는 길 한복판이었다. 오가는 인파 사이로 멈춰선 이가 보였다 안보였다 했다. 180은 족히 넘을 큰 키의 흑인 청년이었다. 그는 솥뚜껑처럼 검은 손을 벌린 채 하얀 이를 드러내며 웃고 있었다. 지켜보니 할머니에게 길을 알려주기도 하고 돈을 건네 준 아주머니에게 작별인사까지 했다. 몸이나 녹일까 싶어 근처 가게에 들렀다가 우연히 창밖으로 보게 된 풍경이었다.

나는 도넛 몇 개를 사 들고 그에게 갔다. 무슨 말을 해야 좋을지 몰라 도넛부터 건넸다. 잠시 내가 보였을 어색함까지도 그는 봄눈 녹이듯 흘려 보냈다.

우리는 인사도 나누고 이런 저런 것들을 서로에게 묻고 답했다. 그는 아프리카 사람이었다. 가족과의 아픈 상처가 있어 자기 나라를 떠나왔다고. 서로가 서로의 생사를 모른 채 살기 위해 집을 나왔다고 했다. 낮에는 이렇게 거리에 나와 구걸을 하고 밤이 되면 근처에 있는 보호 시설에 가서 잔다는 것이었다.

오래전 터미널 광장의 노숙자를 생각할 때는 버려진 밤이 그려져 마음이 안 좋았고 흑인 걸인을 마주하니 외로운 낮이 그려져 역시 마음이 안 좋았다. 이런 감정은 단순한 동정과는 조금 다른 축에 있었다.

오랜만에 만난 친구에게 밥 한 끼 사주고 싶은 심정으로 나는 주머니를 탈탈 털어 흑인 청년에게 주었다. 오래전 보름달 빵과 닮은 동전들이 그의 검은 손에 담겼다.

겨울 해가 넘어갔는지 금세 거리가 어두워지기 시작한
다. 이제 밤이 온다. 그가 돌아가는 밤이다.

최고와 최선

실내체육관 2층 트랙을 걷다 보면 가끔 1층에서 피클볼 공이 날아오곤 했다. 테니스와 비슷한 운동이었는데 채와 공이 아이들 장난감처럼 가볍고 부드러워서 노인분들이 하시기에 적당해 보였다. 나도 공을 만져보고 알게 된 사실이었다.

그날도 트랙을 걷고 있었다. 한 할아버지께서 곁을 스치며 인사를 건네셨다. 얼굴을 보니 거의 매일 피클볼을 치시는 분이셨다. 앞니 두개가 귀엽게 도드라진 할아버지. 말끝마다 '히힛'하며 웃으셨던 게 기억에 남는다.

그러더니 대뜸 같이 피클볼을 치자고 하셨다. 안 해 봤다고 아무리 말해도 채를 쥐어 주며 어느 할아버지를 내 짝으로 정해 주셨다. 그 누구도 나에게 피클볼을 어떻게 치는지 알려주지 않았다. 눈대중으로 사람들을 보며 따라하려 애썼다. 매일 치시는 분들은 슬쩍슬쩍 힘도 들이지 않고 공을 넘겼지만 나는 이리저리 뛰어다니느라 바빴다. 폼이나 방법이야 어찌되었든 공을 상대편 선 안에만 쳐 넘기면 어디서든 환호성이 터져 나왔다.

나와 한 팀이었던 할아버지께서는 어쩌다 내가 공을 넘기면, 시합 전에 물어본 한국말 '최고'를 연신 외치셨다. 피클볼 새내기의 기를 살려주던, 정확치 않던 발음으로 말하던 그 단어가 나에게는 고운 언어로 남아있다.

동네 주민센터에 뭐하나 배우러 가도 수준에 따라 반을 나누고 나보다 잘하는 사람들과는 흔한 경기 한번 해보기 어려운 게 현실이다. "한 6개월 더 배우고 오세요. 그래야 그나마 게임할 수 있어요."는 아는 사람이 동호인 테니스 교실에 가서 들었던 첫 마디였다고 했다.

누구에게나 처음은 찾아온다. 그때 어떤 말들도 따라온다. 말이라는 건 신기하게도 서로 닮아간다. 이것이 나를 기쁘고도, 슬프게 만든다. 나에게서 예쁜 말이 나오면 언젠가 내가 들었던 고운 언어가 떠올라서 기쁘고. 미운 말이 별생각 없이 나오면 아직도 지워지지 않은 아픈 단어가 가엾어서 슬퍼진다.

다행인 것은 이런 사유들이 나를 조금씩 바꾸어 준다는 것이다. '최고'소리에 진짜 최고가 되진 못해도 대신 그곳에 '최선'이라는 말을 넣을 수 있기에.

청소부 악타(Akhtar)

그의 이름을 불러본 적은 없었다. 철자만 알고 있을 뿐이다. 어떻게 발음해야 하는지 아무리 보아도 지금껏 모르겠다. 이제는 아쉬움으로 남은 이름이 되었다.

가슴까지 기른 구불거리는 수염은 은빛이었다. 많지 않은 수염 사이로 돋보이는 건 진한 라인의 두툼한 입술이었다. '입술이 두꺼운 사람은 입이 무겁다'는 누군가에게 들었던 믿거나 말거나 하는 식의 말이었는데 그에게는 우연처럼 맞아떨어졌다. 거의 매일 보다시피 했는데도 제대로 그의 목소리를 들은 적이 없었다.

그의 곁에는 항상 바퀴 달린 파란통이 있었다. 이것을 밀며 YMCA를 청소했다. 사람들이 몰리는 아침 저녁 시간이면 복도 구석에 우두커니 서서 오가는 사람들을 바라보았다. 움푹 꺼진 커다란 눈은 항상 천천히 움직였다. 그러다 혼자

돌아다니는 아이라도 발견하면 뒤를 따라다니며 문도 열어주고 물도 먹여주고 화장실에까지 데려다 주곤 했다.

가끔은 늦은 끼니를 해결하는지 도시락 가방을 챙겨 건물 뒤편 작은 정원에 들기도 했다. 낮은 울타리 안에서 키가 큰 나무를 바라보며 무엇인가 꼭꼭 오래 씹어 넘겼다. 바람이 불면 나뭇가지도 청소부의 수염도 술렁거렸다. 그러면 청소부는 수염을 쓸어내리며 잠재웠다.

숨어서 그를 지켜보자 작정한 건 아니었지만 가만 보니 나는 몰래 보기를 하고 있었다. 살아오면서 내 감정에 문을 두드리는 장면이 펼쳐지면 표나지 않게 숨어서든, 멀어져 가면서든 보아왔다. 언젠가 길에서 알아들을 수 없는 어린 손자의 말에 꼬박꼬박 대꾸해주는 할머니를 멀어지며 보았고, 병원에서는 손등에 꽂은 수액 바늘이 아프다며 자꾸 빼내려는 80대 아버지에게 화내는 60대 아들을 보지 않는 척 보았다.

지켜만 보는 마음은 늘 정직하게 나에게 대답해주었다. 그리고 심심한 바람을 청해보는 날이 많았다. Akhtar를 바라보던 때도 그랬다. 그의 수염이 나이 들어 허옇게 세고 빠져도 여전히 바람 한줌에 굼실거리기를, 도시락은 건강한 것들로 채워져 있기를.

그의 수염을 훔치던 먼 바람빛을 몇 번이고 덧발라 준다.

44

그의 수염을 훔치던 먼 바람빛을

몇 번이고 덧발라 준다.

매운 고추 소스

그녀의 첫 인상은 무척 강했다. 매서운 눈매가 유독 그랬다. 고개를 약간 숙여 나를 올려다보는데 그때마다 검은 눈동자도 반 밖에 보이지 않았다. 마치 째려보는 듯한 그 눈빛을 마주하자니 머릿속이 하얘지면서 말문이 막혔다.

첫 만남을 갖고 돌아서며 든 생각은 어딘지 편치 않고 부담스럽다는 것이었다. 계속 이 만남을 이어갈지, 적당한 핑계로 그만둘지 고민이 앞섰다. '그래, 딱 3번만 만나보자.' 결국 그날 밤 이런 결론에 다다랐고 서로의 시간을 공유하기 시작했다.

우리가 두번째 만나던 날 그녀는 먼저와 나를 기다리고 있었다. 학교 안에서 가장 사람들이 붐비지 않는 자리였다. 창밖을 응시하던 그녀가 내 목소리에 고개를 돌렸다. 싸한 눈매가 여전히 나를 주눅들게 만들었다.

내가 자리에 앉자마자 그녀는 가방에서 작은 통 하나와 과자 봉지를 꺼냈다. 통을 여니 알록달록한 야채 조각들이 섞인 액체가 보였다. 매콤한 나쵸 소스를 만들어왔다며 내 앞에 그것을 펼쳐 놓았다. 자주 가는 마트에 나쵸 과자와 소스 종류가 많긴 한데 자기 입맛에 맞는 소스가 없어서 필리핀 고추로 가끔씩 만들어 먹는다고 했다. 눈에 들어온 예쁜 색감이 내 구미를 당겼다. 나쵸 위에 작은 숟가락으로 고추 소스를 얹더니 그녀가 내게 건넸다. 음식을 가리지 않는데다 평소 매운 음식을 좋아하는 편이라 거부감없이 받아먹었다. 담백한 나쵸에 연이어 톡 쏘는 고추가 씹혔다. 매운 소스라고 했는데 혀가 얼얼할 정도의 깊은 매운맛은 아니었다. 얕고 가벼운 매운맛이었다.

내가 직접 고추 소스를 발라 먹기 시작했다. 맛있게 먹는 나를 보며 그녀가 웃어 댔다. '까르르 까르르'. 상상할 수 없던 웃음 소리였다. 순간 매서운 눈빛은 도망가고 없었다. 그러자 한결 가벼운 마음이 되어 그녀를 대할 수 있었다.

그날 먹다 남은 고추 소스는 내가 집으로 가져왔다. 아깝기도 했고 내게 주려고 만든 그녀의 수고가 고맙기도 해서였다.

세번째 만나던 날 나도 김밥을 만들어 갔다. 그 고추 소스를 생각하니 한국에서 가끔 사 먹던 동네 시장 김밥이 떠올랐다. 그 김밥 이름이 땡초 김밥이었는데 속재료에 청양 고추가 들어있었다. 나는 얇게 채 친 청양 고추를 김밥 속에 조금씩 넣어 보았다. 그녀도 매운 고추를 좋아하니 이정도 는 괜찮을 거라 여겼다.

그날은 내가 먼저 도착했고 테이블 위로 은박지에 돌돌 만 김밥을 미리 꺼내 놓았다. 자리에 앉았더니 그녀가 궁금한 듯 물었고 나는 은박지를 풀어 보였다. 한국에 대한 선망을 가진 그녀는 이미 김밥을 알고 있었다. 코리아 타운에서도 먹어봤다고 했다. 그러나 고추가 들어간 김밥은 처음일 것 이었다. 둘 다 김밥 한조각을 먹기 시작했다. 잠시 후 또다 시 그녀의 까르르 웃음이 터져 나왔다. 혓바닥까지 후후 불 어 대며 안절부절 못하고 물부터 찾기 시작했다.

매운기에 놀란 그녀의 눈가가 촉촉하게 젖어 있었다. 또 다른 눈빛이었다. 왠지 눈 끝이 조금 쳐진 데다가 코까지 훌 쩍이는 모습이라니. 그날 그녀도 남은 김밥을 가져갔다.

모르는 사람과 음식을 나누다 보면 자연스레 가까워지기 도 한다. 특히나 내가 정성 들여 만든 음식이라면 상대방은 먹기도 전에 고마운 마음부터 가지게 된다. 나도 그랬다.

어느새 세번의 만남을 다한 셈이었다. 다음주엔 그녀가 필리핀 전을 조금 만들어 오겠다며 매운 고추를 넣는 게 좋 은 지 물어왔다. 우리의 만남을 더 길게 이어줄 질문이었다.

49

밥과 춤

　교실 안에 들어서자 갖가지 냄새가 뒤섞여 있었다. 테이블 위로 난생 처음 보는 음식들이 하나 둘 차려졌다. 고민 끝에 만들어온 김밥과 일명 동그랑땡으로 불리는 육전을 나도 한쪽 끝에 올려놓았다.

　그녀는 아무것도 준비하지 못했다며 미안한 미소를 지어 보였다. 평소 같으면 앞에 나서서 이야기를 주름잡았을 텐데, 조용히 구경만 하는 모습이 마치 준비물을 챙겨오지 못한 아이 같았다.

　모두 한 손에 접시를 들고 뷔페처럼 음식을 담아 먹기 시작했다. 많은 나라의 요리가 있었지만 가장 기억에 남는 것은 조르단(Jordan) 음식이었다. 깻잎처럼 생긴 얇은 이파리에 양념한 고기와 야채, 밥을 넣어 쪄낸 것이었다.

　모양만 보아서는 마치 커다란 번데기 같았다. 하나 집어

들자 독특한 향이 먼저 후각을 자극했다. 마라탕에 들어있던 고수의 향이 낯설었듯, 뭐라 설명할 수 없는 강한 냄새였다. 씹히는 식감은 만두나 순대와 비슷했다.

어느 정도 식사가 끝나갈 무렵 음악이 흐르기 시작했다. 학생들이 교실에 있는 컴퓨터로 듣고 싶은 음악을 튼 것이다. 누가 틀었는지 싸이의 강남스타일이 나오자 일렬로 줄을 선 사람들이 말춤을 추었다.

연이어 남미 풍의 어느 노래가 흐르자 몇몇 사람들이 앞으로 나갔다. 콜롬비아에서 온 그녀도 흥에 겨워 춤을 추기 시작했다. 키가 큰 젊은 학생들 틈바구니에 낀 작은 그녀의 쌈바춤. 음악에 취해 눈은 지그시 감은 채 열정적으로 허리를 돌리는 모습이 놀랍기도 하고 한편 부럽기도 했다.

맛있게 밥을 먹고, 좋아하는 음악에 몸을 맡기는 것. 가장 단순해 보이는 것들이 때로는 사람과 사람 사이를 가장 진실하게 이어주고 있다는 생각이 들었다. 억지로 할 수도 없고 시킨다고 되지도 않으므로.

주말 오후, 그날 조르단 학생이 남은 음식을 버린다기에 내가 싸 들고 와 냉동실에 넣어두었던 게 떠올랐다. 마침 출출하던 차에 음식을 데워 그때보다 맛있게 먹었다. 평소 즐겨 듣던 음악도 나지막이 틀어 두었다. 나른함이 몰려와 잠시 선잠에 들면 그들과 다시 잔치를 벌일 수도 있겠다.

가장 단순해 보이는 것들이
때로는 사람과 사람 사이를 가장
진실하게 이어주고 있다

마저 그린 얼굴

얼굴을 그리다 말고 일어나 그녀를 안아주었다
여러 갈래로 찢어진 선을 더 이상 이을 수 없어서
내 욕심에 찬 연필을 잡는 것이 미안해서
그대로 놓아버렸다

그랬더니 그녀가 나를 끌어 의자에 앉히고는
연필을 쥐어 주며 마저 그리라고 했다

뜨거운 요리사

나는 뚝배기가 좋다. 된장찌개나 청국장도 뚝배기에 끓여 뜨겁게 먹는다. 뜨거운 것을 먹은 다음날에는 어김없이 입천정이 벗겨지곤 한다. 음식은 적당히 식혀서 먹는 것이 좋다는 말을 들었어도 김이 날아간 것은 어쩐지 맛도 덜하게 느껴진다.

즉석에서 요리를 만드는 그에게 내 눈길이 가는 건 당연한 일이었다. 아무리 바빠도 그의 가게 앞에서는 발길이 느려졌다. 오전에는 가게 뒤편 개수대에서 야채들을 씻고 예쁘게 썰고 사각 용기에 보기 좋게 담는다. 11시쯤 되면 입구 진열대에 준비한 야채들을 가져다 놓는다. 진열대 바로 뒤에는 1구 인덕션이 3개 놓여있고 후라이팬도 하나씩 올려져 있다.

11시 30분이 조금 지나면 손님들이 오기 시작한다. 그는 매일 한 가지 요리만을 만든다. 그래서 사람들은 메뉴를 고르는 것이 아니라 음식에 들어가는 야채를 고른다. 야채는 10가지 정도 된다. 우리가 흔히 먹는 양파, 당근, 파프리카, 청경채 같은 것들이다. 어떤 여자는 양파를 빼 달라 하고 어떤 남자는 당근 외에는 모두 넣지 말라고도 한다.

먼저 후라이팬에 주재료가 되는 소고기나 닭고기를 구워 낸 다음, 야채들을 볶기 시작한다. 푸르게 살아있던 것들이 숨이 죽어가며 색이 짙어 지기도 하고 연해지기도 한다.

손님은 바로 앞에서 그의 요리를 모두 지켜본다. 대략 10분 정도가 소요되지만 그 시간을 지겨워하는 사람은 보질 못했다. 그와 손님 사이로 하얀 김이 피어 오른다. 식재료가 섞이며 하나의 향이 만들어진다. 눈과 코로 이미 맛을 본다.

금방 만든 것들은 더 이상 꾸밀 필요가 없기에. 속속들이 하얀 열기가 그 맛을 잠시 쥐고 있기에. 뜨거운 요리가 좋아지는 이유이다.

푸르게 살아있던 것들이 숨이 죽어가며
색이 짙어 지기도 하고 연해지기도 한다.

첫 겨울코트

빈 도시락 통에 그녀가 눈을 담아왔다. 눈이 녹는 것을 보고 싶다고 했다. 그러면서 눈이 녹지 않았으면 좋겠다고도 말했다. 결국 물이 된 것을 보고도 그녀는 여전히 눈이라고 해주었다.

눈은 여름속에서만 살던 사람을 놀게 만들었다. 아무도 걷지 않은 눈길을 걷게 하고 자꾸만 밖으로 불러냈다. 벌게진 손이 어는 줄도 모르고 만지고 또 만진다.

손도 손이었지만 그녀의 옷이 더 문제였다. 아직 겨울 점퍼가 없다며 얇은 옷들을 몇 벌이나 겹쳐 입는 중이었다. 사실 두꺼운 옷 한 겹보다 그 편이 훨씬 따뜻할 수도 있는 일이다. 실제로 그녀가 추워서 떠는 적은 별로 없었다.

그렇게 놀던 사람이 첫 감기에 걸렸다. 몸이 어떻게 받아들일지 걱정이었다. 우리가 태어나서 처음 아파보는 것도 대부분 감기인데 그녀도 감기에 있어서는 어린 사람이었다.

우리는 감기에 걸렸을 때 어떻게 해야 하는지 잘 안다. 더운 물을 자주 마시고 죽 같은 것을 먹고 쉬어 주는 일. 그것이 약이다. 나는 여기에 쌍화탕을 더한다. 아무 냄새도 없는 건조한 알약보다 산이나 들에서 자랐을 약재들이 가미된 물약이 좋다.

그래서 겨울이 되면 한 박스의 쌍화탕을 들여놓는다. 그녀에게도 뜨겁게 데워온 한 병을 건네 주었다. 코를 막고 마셔보라고 했다. 생각보다 제법 잘 넘겼다. 막았던 코를 푸니 그제서야 쓴기가 올라오는 모양이었다. 매운기도 있으니 혀도 얼얼할테고.

며칠간 눈 놀이를 멈추며 그녀의 감기도 나아갔다. 눈을 가지고 더 놀 수 있는 날들이 이곳에는 많았다. 덕분에 그녀에게도 첫 겨울코트가 하나 생겼다.

결국 물이 된 것을 보고도
그녀는 여전히 눈이라고 해주었다.

반쪽짜리 기록

그곳에서는 한동안 사람들을 스케치했다. 스케치라고 해봐야 내 뜻대로 풀어낸 간략한 선들의 조합 정도였다. 그래도 그런 모습이 신기한지 내 곁에 오래 머물며 내 그림을 지켜보는 사람들이 종종 있었다.

다가와 먼저 말을 걸기도 하고 혹시 그림을 팔 수 있냐며 흥정하는 사람도 만났다. 진지한 표정으로 내 앞에 앉아 모델을 자청한 한 남자는 이메일 주소까지 적어주며 나중에 완성한 그림을 꼭 보고싶다고 말하기도 했다.

학부 시절에는 선생님이 과제로 내주는 인물 크로키가 가장 어려운 숙제였다. 사람들이 붐비는 곳을 찾아가 쥐 죽은 듯 훔쳐보며 그려야 하는 줄 알았다. 실제로, 자신을 그리는 것을 알아챈 어떤 사람이 화를 내며 스케치북을 찢어버렸다는 어느 선배의 이야기를 들은 후로는 더했다.

그런 시간을 한참 보내며 대상을 바라보는 내 시선과 태도가 바뀌어 갔다. 어떤 것이든 종이에 표현할 수 있는 나는 그림을 그리는 사람이었다. 그래서 이제는 어디서든 종이와 연필을 담담히 펼쳐 놓는다.

어쨌든 내 그림이 그들 보기에는 아주 무성의하게 또는 그리다 만 듯 마무리되는 적이 많아도 나에게는 충분했다. 그렇게 붐비던 사람들이 떠나간 자리에 익숙한 뒷모습이 있었다. 곁눈질로 나를 보던 그녀에게 연필을 흔들어 보였다. 잠시 후 그녀가 내 앞에 앉더니 자신을 그려줄 수 있냐고 물어왔다. 그녀의 여전히 말린 등과 아래 시선이 짧고 굵은 몇 가닥의 선으로 종이에 담겼다.

나의 기록이 그녀에게는 재미있었던 모양이었다. 내가 이렇게 생겼냐며 한 손으로 피식 나오는 웃음을 누르는가 하면, 손가락 끝으로 도화지의 선들을 따라이었다. 그렇게 아주 잠시 우리는 그림에서 놀았다.

한참이나 그곳에 다시 들를 수 없던 시간이 흘러갔다. 우리가 다시 마주 앉게 된다면 어떤 기록을 남기게 될까? 진한 듯 흐린 선. 반쯤 돌아앉아 반만 보이던 눈과 코와 입. 연하게 그어 대는 흙빛 점.

그렇게 붐비던 사람들이 떠나간 자리에

익숙한 뒷모습이 있었다

마음이 고픈 것

수업이 끝나면 너는 어느 틈엔가 한국인들 사이에 끼어 있었다. 한국말을 배우고 한국 드라마 이야기를 하며 김밥 같은 한국 음식을 나누어 먹는 적이 많았다.

베트남 사람들이 우리나라를 좋아한다는 건 알고 있었지만 열 아홉 살의 너에게 한국은 꿈 같은 곳이었다. 그사이 김밥을 싸주는 한국 남자 친구까지 생기다니 그 안에서 너는 한동안 나올 줄 몰랐다.

그러던 학기가 끝나고 가을이 되었을 때 다시 달라져 있는 너를 보았다. 교환학생으로 잠시 왔던 한국 남자 친구가 이제 돌아갔다고. 김밥도 너무 먹고 싶고 두어 차례 먹어본 떡볶이 생각도 너무 난다고. 음식은 그저 핑계였고 한때 정을 나누었던 사람을 볼 수 없음에 마음이 고픈 것이라 생각했다.

마침 한국 마트에 다녀오면서 아이들과 해먹으려고 사온 쌀떡과 오뎅이 있었다. 며칠 뒤 너에게 점심을 같이 먹자하고 데려가 떡볶이를 펼쳐 놓았다. 이쑤시개에 떡 하나, 오뎅 하나를 찍어주니 잘도 받아먹었다. 그러더니 이내 글썽이던 눈물이 떨어졌다.

아무것도 묻지 않았다. 눈물 범벅이 되어서도 너는 떡볶이가 매운데 맛있다며 계속 먹었다. 기름기로 가라앉은 단발머리와 이마에 붉어진 뾰루지는 며칠간 애태운 심정을 고스란히 보여주고 있었다.

사람 그리워하는 심정을 모를 리 없는 나였다. 언제든 또 먹고 싶으면 말하라고, 다음엔 김밥도 가능하다고. 내 말에 부은 눈을 한 네가 참았던 숨을 내쉬며 두손으로 얼굴을 길게 한번 훔쳐 내렸다. 그렇게 자신을 조금씩 진정시켰다.

작은 너를 마주하고 앉아있는 동안, 외국인이라고만 생각했던 나의 마른 감정이 물 찬 버들 강아지처럼 보들거려 왔다. 너를 꽁꽁 싸맸던 좁은 눈빛이 헐렁하게 풀어져 가던 날. 필통을 매만지던 손가락들 끝으로 연한 진달래빛 손톱이 올라오기 시작하던 날. 뭐라 단정지을 수 있는 것은 없었지만, 내가 알아보던 너의 날들이 있었다.

그해 여름 초입만 하더라도 너는 몇 차례나 흘러 넘치는 눈빛에 어쩔 줄 몰라 했으니까. 그의 손가락 사이에 너의 손을 차곡차곡 끼우던 그해 여름 끝물만 하더라도 너의 아이 같던 손 매무새에 부드러운 관절 하나씩이 자라났으니까.

두 계절을 지나며 잠시의 사랑을 앓으며 너는 어른이 되어가고 있었다. 마음이 고픈 것을 알았으니 다시 마주할 김밥도 예전과 다를 것이기에.

2부

그
곳

국수집

국수 생각이 간절한 날이 있다. 그곳에서는 해지는 저녁 종종 국수집에 들르곤 했다. 분홍색 간판에 'Real Pho'라고 적혀 있는 베트남 쌀국수 집이었다.

입구에는 베트남 민속 인형과 장신구들이 걸려있었고 천정에는 붉은 등불들이 매달려 있었다. 창가에 놓인 테이블에 앉으면 노을이 지는 하늘을 마주하기에 더없이 좋았다. 식당 주변으로 높은 건물이 없어서 시선은 얼마든지 이어질 수 있었다.

창밖 풍경을 보는 사이사이로 국수 먹는 소리가 들려온다. 쌀로 만든 하얀 국수는 맑은 국물에 섞여 짧고 가벼운 소리를 내며 넘어간다. 걸쭉한 당면 국수는 굵고 찰진 소리가 난다. 면도 다르고 육수도 달라서 먹는 모양새도 다르다.

고개를 돌리면 주방이 보이는데 두 서너 개 되는 커다란 솥에서 계속 김이 나고 있다. 아마 다른 종류의 육수가 끓고 있을 것이라 짐작한다. 국수의 참 맛은 어쩌면 면발보다도 육수에서 판가름 나는 것이 아닐까 생각도 해본다.

더운 한그릇이 서서히 비워진다. 저녁 노을도 이제 진다. 한 모금씩 들이켜는 국물에 배가 불러오고 어두워지기 시작하는 하늘도 별들로 빛나온다.

고급진 인테리어로 사람들의 이목을 끌고 값비싼 요리로 돈을 버는 식당이 넘쳐나는 요즘 세상에, 낡은 국수집에 들러 부족함을 모르던 마음이 있었다.

잘 늙어가는 일

그곳에 갈때마다 나는 놀라웠다. 일흔, 여든이 훌쩍 넘으신 분들이 책을 읽는 모습이라니. 이색적인 풍경은 나에게 만족감을 주는 동시에 자극제가 되기도 했다. 사실 너무나 보고 싶었던 모습 중 하나인 것만은 분명했다.

하루는 그곳에 오시는 노인분들을 눈 여겨 보았다. 주로 부부가 함께 오는 경우가 많았다. 그런 분들은 마치 한 몸처럼 움직인다. 서로를 잡아주며 앉을 곳을 마련해준다. 그 다음에는 천천히 책을 고르고 더 오래 책을 보신다. 돋보기를 코에 걸치고 손가락으로 짚어가며 한 글자 한 글자 읽어 나가신다. 내 눈에 그 모습들은 마치 속도를 늦추어 놓은 무성영화처럼 흘렀다.

그러다 먼 미래의 내 모습으로 다가왔다. 그이의 손을 잡고 도서관에 간다. 책꽂이에서 미리 생각해둔 한 권을 찾고 그이가 책을 고를 때까지 기다려 준다. 책상에 앉아 책의 저자와 차례를 보다가 특별히 먼저 읽고 싶은 부분을 펴본다. 도서관에서 아무리 편리한 전자책을 내 놓아도 여전히 실물의 책을 대출한다.

어떻게 나이 들어가는 게 옳은 지, 잘 늙어가려면 어떻게 해야 하는지 나는 여전히 잘 알지 못한다. 다만 앞으로 사는 동안 책을 읽거나 빌리러 도서관에 많이 가고 싶다. 사랑하는 사람의 손을 잡고 걷는 길 중에서 가장 유연할 것이기에.

밤빛자락

　동그랗거나 네모난 유리, 하얀 불과 빨간 불, 깜박이는 빛과 정지된 빛. 실제로 그것들은 그 당시, 이제 떠나야 한다는 나의 스산한 마음을 유일하게 달래 주고 있었다. 밤하늘에 매달린 모빌처럼, 함박눈 결정체처럼.

　'언젠가 내게도 집이 생긴다면'이라는 부제로 시작해, '머리맡 창문 밖에 하나, 마당에 하나 그리고 지붕 꼭대기에 하나 밤빛자락을 걸어 두고 싶다.'로 맺는 낙서 하나가 생긴 것은 그리 가당치 않을 일도 아니었다.

농부 장터

시내에서 두어 블록 뒤로 큰 공터가 있었다. 평일에는 인적이 뜸한 곳이지만 주말이 되면 새벽부터 사람들이 모여들었다. 인근의 농부들이 직접 재배한 농산물과 가공식품들을 파는 시장이 열렸다.

산지 식재료를 농부에게 직접 살 수 있는 좋은 기회였다. 그러다 보니 물건의 양부터 모양새나 가격이 일정치 않았다. 부지런히 서둘러 아침장을 보는 편이 이득이었다.

입구 노상에서는 주로 과일과 야채들을 팔았다. 사과는 단연 인기 과일이었고 그 사과를 직접 갈아 놓은 애플주스도 즉석에서 맛을 보고 살 수 있었다. 마트에서 사 먹던, 당분 함량이 많은 음료보다 심심한 편이었지만 아이들은 갈적마다 한 병씩 사곤 했다.

노상점 뒤로 창고처럼 길게 지어 놓은 건물에 들어가면

여러 식재료 가게들이 있었다. 아이들은 항상 소시지 가게에 들렀다. 꾸덕꾸덕하게 말린 소시지 식감이 육포와 비슷해서 좋아했다. 곶감 말리듯 소시지를 천정에 매달아 놓은 모습이 기억에 남는다.

바로 옆집은 나의 단골집이었다. 고추와 가지 속에 다진 고기와 야채를 채워 부쳐낸 것이었는데 모양이나 맛이 부침개와 비슷했다. 어쩌다 장이 파하는 시간에 가면 남아있는 것들을 떨이로 조금 싼 값에 살 수도 있었다. 주말 점심 끼니로 그만한 것도 없었다.

또다른 건물에는 집에서 담근 갖가지 잼과 피클을 예쁜 유리병에 담아 팔았다. 그리고 집에서 만들어온 앞치마며 머리핀, 장갑, 목도리를 파는 할머니들도 보였다. 그분들은 하루 종일 그곳에서 수공예품을 만드시느라 여념이 없었다.

시장 마당 한 켠에는 직접 구운 쿠키를 파는 아이들도 간혹 보였다. 용돈 벌이에 나선 용감한 아이들이었다. 남은 동전이 있는 날에는 처음 보는 아이의 쿠키를 사기도 했다.

마트에 가도 살 수 있는 물건들이겠지만, 농부들의 얼굴을 보면 생동감은 배가 됐다. 그분들이 마주했을 흙과 햇살 그리고 노력이 표정에 녹아 있기 때문이었다. 사과 팔던 농부의 그을린 미소에서. 소시지를 만들어온 아주머니의 수고로운 눈빛에서.

소리의 풍경

살던 집을 조금만 벗어 나면 사방이 들판이었다. 시원한 나무 그늘 사이로 가을 하늘을 넘겨보며 걷는 길도 좋았지만, 가을볕에 익어가는 곡식처럼 너른 들판길에 나선 날이 많았다.

걷다 보면 동네 집들이 작은 언덕 너머로 사라지면서 뻥 뚫린 창공이 다른 세상처럼 펼쳐졌다. 그러면 가슴팍과 등이 뻐근해지도록 한껏 숨을 들이마셔 본다. 참을 수 있을 만큼 버티다 천천히 내뱉는다. 몇 차례 반복하다 보면 앞머리가 시원해지면서 시야까지 밝아지는 기분이 든다.

어느 날 맞은편 멀리서 걸어오는 누군가가 보였다. 잠시 서서 길 가장자리를 내려다보다 고개를 기울이는 모습이 무엇을 찾는 것 같기도 했다. 둘 다 느린 걸음을 하고 있었으니 서로를 관찰할 시간은 충분했다.

점점 가까워지자 나이가 많으신 할아버지시라는 걸 알게 되었다. 검은 선글라스를 쓰시고 지팡이를 짚고 계셨다. 조용히 그 곁을 지나가려 했다. 그런데 할아버지께서 내 인기척을 느끼셨는지 팔을 뻗어 손을 흔드시고는 이내 인사를 건네셨다. 내 느낌이 맞는다면, 사람을 만났다는 것에 무척 반가워하셨다. 우리는 잠시 멈춰 섰다.

그분은 눈이 안보이시는 시각 장애인이셨다. 매일 오후 이 길을 걷는다. 강 건너편에 있는 작은 집을 나서서 다리를 건너 한 시간가량 걷다가 다시 되돌아 가는 것이다. 아내가 늦은 점심을 준비하는 동안 이 길을 걷는 것이 유일한 하루 일과였다.

할아버지께서 풀섶에 귀를 모으고 무엇엔가 조용히 집중하시더니 나에게 들리냐고 물으셨다. 이 소리를 들으러 매일 온다는 것이었다.

그것은 가을 풀벌레 소리였다. 신기하게도 풀벌레들은 무언가 다가가면 바로 울음을 멈춘다. 움직임이 없으면 잠시 후 다시 울기 시작한다. 바로 앞에서 울어 대는데도 한 마리조차 눈으로 찾아지지 않는다.

귀로 들어보니 그곳에는 많은 소리들이 있었다. 흐르는 강물도, 나무를 흔드는 바람도, 들판에 머문 햇볕도 제각각의 음을 냈다. 이 음들은 눈을 감았을 때 더욱 생경하게 들려왔다. 시선으로 분산되었던 감각이 귀로 모아지면서 청각에 충실해지기 때문 아닐까.

가을이 가기 전 다시 길을 나섰다. 이번에는 손을 잡고 걸어주는 그이가 있었다.

"풀벌레 소리 들어봐." 내가 말하자 그이가 답해주었다.

"자연의 변화를 알아차리는 사람은 마음이 건강한 사람이래요."

산중 캠핑

하늘에서 산속을 내려다보면 빽빽한 식물들 사이로 길도 보이고 뚫린 공간도 보인다. 그리고 그곳에는 크고 작은 동물들과 그들의 집이 있다. 나무와 흙이 전부인 그곳에서 나도 작은 생명체가 되어보는 일, 산중 캠핑에서나 가능한 일이다.

두 달 간의 긴 여름 방학이 시작되면서 여행길에 올랐다. 여행 기간도 숙소도 미리 정하지 않기로 했다. 계획에 맞추느라 일처럼 마주하고 싶지 않아서였다. 그 대신 트렁크에 작은 텐트와 침낭과 버너와 코펠을 챙겨 넣었다.

여행 3일째 되던 날 캠핑장을 발견했다. 표지판을 보고 도로에서 오솔길을 따라가니 울창한 나무 숲 속으로 요새가 나타났다. 관리실 앞으로 큰 공터가 있었고 이 공터 사방으로는 구불거리는 흙길이 나 있었다. 그 길로 띄엄띄엄 집들이 있었고 숲을 애돌아 큰 강이 흘렀다.

산장처럼 지어진 집들은 모두 주인이 있는데 주로 해변이나 캠핑장에 지어 놓고 여름마다 가족 휴양소로 이용하는 곳이었다. 또한 캠핑카로 여행 다니는 사람들이 대부분이어서, 캠핑장이라 해도 텐트를 치는 구역은 일부 극소수였다.

그곳에서 텐트를 치는 사람은 우리뿐이었다. 처음부터 끝까지 신기한 듯 바라보는 사람도 있었고, 괜찮냐고 묻는 사람도 만났다. 작은 공간이 나에게는 낙원이었는데 얇은 폴대에 의지한 펄럭이는 집이 그들에게는 위태롭게 보인 모양이었다.

저녁이 되자 사람들이 공터 중앙에 장작불을 지폈다. 그 불에 삶아낸 소시지로 핫도그를 만들어 주었다. 핫도그라는 단어는 언제 들어도 재미있다는 생각을 하며 현지인의 요리에 내 마음이 더 뜨거워졌다. 밤이 되었는데도 숲은 따뜻했고 무섭지 않았다. 나무사이 별을 찾다가 늦은 잠에 들었다. 우리는 그곳에서 3일을 머물렀다.

3일동안 맨발로 풀과 흙을 밟으며 걸었고 더우면 그 길로 달려가 물에 들었다. 배고프면 밥을 먹었고 피곤하면 쉬게 해주었다. 시간을 알려 하지 않았고 할 것들을 미리 정해두지 않았다. 그곳의 한 동물처럼 간단한 의식주만을 해결했다.

이것이 내가 산중 캠핑을 하려는 이유라는 생각이 들었다. 내 일상도 이와 비슷하게 흘러간다면 세상 것들에 조금 덜 열망하게 될 테니까. 나뭇잎처럼 흙 한줌처럼 의식하기조차 어려운 미려한 존재임을 알게 될 테니까.

내가 가려던 곳

북쪽으로 향했다. 집으로부터 점점 멀어지는 길이었다. 길은 평야에 나 있었다. 거의 모든 것들이 시야에 들어왔다.

산이 없다는 건 사뭇 믿기 힘든 일이었다. 산을 돌아가야 하거나 혹은 관통하는 길에서 그 끝의 풍경을 궁금해한다면 활주로처럼 탁 트인 길에선 미리 그 끝에 다다를 수 있었다.

길가 양 옆으로 들판과 집들이 고루 퍼진 곳들을 며칠이나 지났다. 군락을 이룬 이파리와 낮은 지붕이 자수 땀처럼 박혀 있었다. 비슷한 모습인데도 매일 보고싶었다.

굼실거리는 얇은 도로가 마치 눈앞에서 일어설 것만 같다. 그러면 도로 끝에 걸려있는, 내가 가려던 곳이 우수수 낙엽처럼 내려 앉을 것이다.

이제 다 왔다.

호수 바다

 여름 땡볕에 달궈진 모래가 맨발에 따갑게 부딪혔다. 뛰다시피 언덕을 넘었다. 예상치 못한 전경에 잠시 멈춰 섰다. 분명 호수라고 했는데……. 지도에서 찾아냈는데…….

 바다였다. 사람들은 모래사장에서 누워 햇볕을 쬐기도 하고 수영복 차림으로 물놀이를 했다. 파도에 밀려 멀리까지 나간 사람도 보였고 더 멀리로는 서핑하는 젊은이들 무리가 보였다.

 수심이 깊지 않은데다 물도 맑은 편이라 아이들을 풀어 놓기에 좋았다. 주변 사람들과의 적당한 거리도 편안함을 주었다. 호루라기를 불어 대며 사람들을 감시하는 바다 경찰도 없었고 해변 주위로 무분별하게 지은 건물이며 가게들도 전혀 보이지 않았다.

 어느새 물에 뛰어든 아이들이 조개껍데기와 미역 줄기

같은 것을 건져 올린다. 파도를 맞은 아이들이 입술에 배어든 짠 내에 혓바닥을 내두른다. 설마 하며 나도 입에 적셔보니 바다의 소금기가 맞다.

아이들은 물속에서도 눈을 뜬다. 언젠가 내가 수영장에서 시도하다 결국 하지 못한 일. 그 일로 물과 눈이 맞닿으면 눈알이 시원할거라거나, 바다처럼 짠물에서는 눈이 따끔거리진 않을까 하는 궁금증만 생겨버렸다. 그래서 한번은 아이들에게 물어본 적이 있다. 그랬더니 아프지는 않은데 오래 뜨고 있을 수는 없고 물 밖에 나왔을 때 눈이 조금 뻑뻑하다고 했다. 그래도 지금처럼 물안경이 없는 순간에는 아주 요긴하게 쓰일 게 분명했다.

무엇인가 떠올려 그것과 닮은 바다 조각들을 찾아내고 바로 눈앞에서 도망가는 작은 물고기들을 따라다니고……. 물속에서 눈을 뜬 아이들이 누리는 특권 같은 일들이다. 나는 그저 옆에서 모래사장에 굴을 파고 성을 쌓을 뿐이다. 아이들이 발견해 낸 갖가지 바다의 소장품들이 그곳에 모인다. 소라게와 조개 조각들과 바다 밑바닥에서 자랐을 수초들까지.

바삐 오가던 아이들이 이번에는 바다를 등지고 선다. 하얗게 밀려드는 파도를 기다린다. 가장 높고 긴 파도가 작은 파도들을 앞세우며 몰려온다. 엉덩이를 반쯤 뒤로 뺀 채 아이들이 오글거리는 표정을 보낸다. 그것은 나에게 가장 설레는 장면이 되었다. 드디어 파도에 밀린 아이들이 모래성까지 온다. 이번에는 더 많은 것들이 성에 담긴다.

세상에 거저 얻어지는 것은 없다지만 모래성에 담긴 것처럼 그래도 한가지쯤 바래 본다면, 나는 자연에서 오는 것들이었으면 좋겠다. 유명산을 보려면 관람료를 내야하고 그 앞에 즐비하게 늘어선 파전과 동동주를 파는 가게들. 여름에 바다에 한 번 가려면 파라솔 값을 치러야 하고 회라도 한 접시 먹어야지 하면서 들르게 되는 식당들. 그런 돈벌이에 갇혀 있는 자연이 아니라 원래 모습으로 풀어져 있는 자연이면 더없이 좋겠다.

실컷 물에서 놀았으니 이제 누워서 하늘을 본다. 바다처럼 넓고 푸르다. 눈을 뜨고 볼 수 있는 거대한 공간이다. 그 안에서 나는 무엇을 찾아내게 될런지.

나무집

키가 큰 나무들이 마을을 이룬 이곳에 사람들이 집을 지어 놓았다. 신기한 것은 나무와 나무 사이에 오두막처럼 사다리가 있는 집들이 대부분이라는 점이었다. 최대한 나무를 베어내지 않고 그대로 살리면서 짓다 보니 모양도 삐뚤어지고 크기도 제각각이다.

그곳을 한 바퀴 돌다가 알아낸 사실이 하나 있었다. 간혹 어떤 집 아래에는 길게 잘려진 나무기둥들이 몇 개씩 쌓여 있기도 했다. 그 나무기둥들은 그곳의 나무가 분명했다. 그 수피가 주변의 나무들과 같기 때문이었다. 집을 지을 나무만을 잘랐던 것이다.

나는 그 잘려진 나무들이 죽었다고 생각하지 않는다. 지붕으로 올려지거나 기둥으로 세워지면서 계속 자라고 있는 것이라 여긴다. 그들도 한때는 그곳의 나무였다는 것. 같이 뿌리를 내리고 해를 받고 비를 맞았다는 것.

나중에 조그맣게라도 내 땅이 생기면 나무로 오두막을 짓고 싶다. 그곳에 나무가 있으면 더없이 좋겠지만 없으면 오두막을 빙 둘러 오죽과 청죽을 심을 것이다. 그곳에서 밥을 먹고 잠을 자고 때때로 그림을 그릴 수도 있다.

폭포 멍

폭포 구경을 갔다. 미국과 캐나다 접경에 있는 나이아가라였다. 단체 여행 목적지에 단골손님처럼 끼어 있는 곳이어서 그런지 각국의 관광객들이 입구부터 진을 이루었다.

그곳에 가기 전, 미국의 가늘고 자잘한 폭포보다는 굵고 거침없는 캐나다의 폭포가 멋있다는 평을 들었다. 자연스레 두 모습을 번갈아 보게 되었다. 떨어져 내리는 물 사이에 암석이 많이 박혀 있는 미국의 폭포가 흐름을 분산시켜 덜 웅장해 보이긴 했으나, 재미있는 물길을 만들기에는 더 좋아 보였다. 곧게 뻗어 떨어지는 캐나다의 폭포는 시원한 기운을 느끼기에 더없이 좋았지만, 폭포 아래에서 깨지고 부서지는 것들을 떠올려보니 괜스레 아린 마음이 들기도 했다.

실제로 보고 놀란 것 중 하나는, 폭포 아래부터 연기처럼 피어오르는 하얀 수증기가 하늘까지 퍼져 있다는 것이었다.

그것은 자연 가습기처럼 그 주변을 촉촉히 적셔주고 있었다. 이 수증기 사이로는 수백 마리의 갈매기들이 마치 검불 조각처럼 떠다니는 게 보였다. 먹이를 찾으려고 몰려든 건지 물이 좋아 찾아든 건지, 바다에 있어야 할 녀석들의 행보가 내심 궁금하기도 했다.

떨어지는 폭포의 장관을 보기 위해 관광객들을 태운 배가 수시로 운항하는 게 보였다. 즉석에서 우비까지 구입해 입은 사람들이 배를 가득 메웠다. 모두가 개미처럼 작아 보였다. 흠뻑 젖은 몸으로 돌아온 사람들은 무엇부터 말해야 좋을지 몰라 첫마디를 더듬다가 마침내 격한 탄성을 터트리기도 했다.

곁에서 내가 알아들을 수 없는 말들을 쏟아내는 사람들의 흥분은 물로부터 온 것이었다. 그럼 저 물은 몇 살인지, 묻고 싶은 마음이 생겼다.

어느 산골짜기의 옹달샘에서 물은 태어난다. 한 방울 두 방울 샘이 찰 때까지 모인다. 그러다 넘치면 개울을 이루고 큰 강으로 흘러 들어간다. 그곳에서 멈춘 물로 살기도 하고 다른 곳으로 합류해 활동하는 물이 되기도 한다. 이렇게 거슬러보니 나이아가라 폭포는 청춘기라고 보면 적당할 것 같았다. 표현과 감정을 겉으로 드러내는 젊은이와 크게 달라 보이지 않기 때문이었다.

나이를 어림잡아 주고 나니 배도 고프고 뭔가 하고 싶어지는 마음이 감지되었다. 그래서인지 몰라도 나이아가라 주변에는 많은 식당과 놀이기구, 게임장 심지어 카지노 빌딩이 밤새 불을 밝히고 있었다. 보이지 않는 물의 기운 같은 것 따위를 믿지는 않지만 활기 넘치는 분위기를 자아내는 장본인임에는 부정할 수 없었다.

요즘 물멍이라는 단어를 라디오에서 듣고 알게 되었다. 조용한 호숫가나 연못을 산책하며 말없이 바라보는 것이라고 한다. 그렇다면 폭포멍도 가능해 보였다. 사람들은 멀리서 그 모습을 한동안 바라본다. 멈추지 않는 물이 사람들의 시선을 집중적으로 끌어 모으기 때문이리라. 아래로 떨어지는 것 같지만 사실 그것도 흘러가는 물의 한 단면이라고 본다면 그곳에 오는 모두는 물멍을 하러 오는 것이라 해도 맞을 것이다.

그곳을 종종 찾았다. 폭포를 보지 않고 놀거나 보더라도 차를 타고가며 스친 두어 번을 빼면 나머지는 나도 폭포멍을 한 것이다. 많이 보아서 금세 볼 것 같지만 가면 갈수록 보는 시간은 길어졌다. 많이 보아야 더 볼 것이 찾아진다. 이것이 멍의 이유라고 생각한다.

가을의 자리

그곳에서 가장 짧은 계절은 아마도 가을이었다. 그곳의 메이플 시럽이 세계적으로 유명한 것은 알았지만 그렇다고 전역에 그런 단풍나무가 있는 것은 아니었다. 메이플 나무가 즐비한 곳에 머물렀다면 아마도 가을을 느끼기에 부족함이 없었겠지만 아쉽게도 보지 못했다.

아주 잠깐 덥지도 춥지도 않은 날들을 지나며 가을이구나 하고 느꼈던 것 같다. 사실 산에 가면 가장 가을다운 풍경을 볼 수 있겠지만 산이 없으니 다른 곳에서라도 찾아질까 싶어 주변을 두리번거리게 되었다.

그래서 수업이 없는 주말이면 차를 몰고 옆동네에도 가보고 집에서 멀지 않은 곳까지 나가보았다. 천천히 속도를 늦추고 길가의 표지판이나 문구들을 유심히 쳐다보게 되었다. 지명 이름이 태반이었고 도무지 알 수 없는 단어들에는 내심 답답함이 몰려오기도 했다.

그러다 들어선 어느 길에서 확실한 단어 하나가 눈에 꽂혔다. 'FASTIVAL'. 화살표가 가는 길목 중간중간 표시되어 있어 비교적 쉽게 찾아갈 수 있었다. 뒷자리에 탄 아이들은 들판 밖에 없는 시골에서 무슨 축제냐며 잘못 본거 아니냐고 오히려 타박이었다. 그 말에 동의는 하였으나 내 눈을 믿고 마저 가보기로 했다.

마침내 한 동네 입구에 도착하니 가을걷이가 끝난 들판에 임시 주차장이 있었다. 울퉁불퉁거리는 흙길이었다. 차를 세우니 이번에는 저 앞쪽으로 사람들이 줄을 서 있었다. 축제장까지 말마차로 데려다준다고 했다. 우리도 그것을 타고 드디어 축제장에 합류했다.

옛날 외국 영화에서 보던, 시골 농민 차림을 한 사람들이 작은 상점에서 우리 같은 손님들을 맞아주었다. 여자들은 주로 머리에 하얀 수건을 쓰고 원피스에 앞치마를 두르고 있었고 남자들은 흰 셔츠에 모자를 쓰거나 작업복 차림이었다.

사방으로는 오래되고 낡은 건물들이 다섯 동 정도 있었다. 그곳은 아주 오래전 조상때부터 생계수단으로 수공업을 하던 작업장 같은 곳이었다. 농사 도구를 만드는 대장간 비슷한 곳도 있었고, 여자들이 베틀 같은 기계로 옷감을 짜던 곳도 보였다.

우리의 눈을 가장 사로잡은 것은 아무래도 먹거리 장터였다. 그 마을에서는 사과 수확을 많이 한다고 했다. 그래서 마당 한 켠에는 사과들을 담아 놓은 나무 궤짝이 수북히 쌓여 있었다. 그 옆으로는 어린 학생들이 모여 앉아 열심히 사과를 깎고 있었다. 껍질을 벗긴 사과를 다시 얇게 썬 후 기름에 튀겨 하얀 설탕 가루를 뿌려 파는 가게였다.

두말할 것 없이 우리는 한 컵씩 집어 들었다. 바삭한 튀김 안에 달콤한 사과가 씹혔다. 우리가 먹는 동안 옆 공터에서는 무명 가수가 기타를 치며 노래를 불렀다. 예전에 많이 듣던 올드 팝송이 한 구절 나오길 기대했지만 컨트리 풍의 알아들을 수 없는 노래들만 귓가에 울렸다.

또 다른 길에 들어서니 이번에는 남자 두 명이서 장작불 위에 매달아 놓은 무쇠 솥에 대고 열심히 주걱으로 젓고 있었다. 반 나절 이상 끓인 고기 스프라고 했다. 국물에 썰어 넣은 재료들이 은근한 열기에 연해지고 부스러지며 섞여 있었다. 한 끼의 식사가 되기에 충분한 스프로 우리는 그날 최고의 요리를 즐길 수 있었다.

가을이 어디 있나 싶었더니 우리가 있던 그곳이 가을이었다. 계절을 담고 있는 장면과 맛이 적절하게 어우러져 있었다. 수많은 볼거리로 화려한 축제보다는 이렇듯 자그마한

동네에서 국을 끓이고 밥을 짓는 조촐한 잔치가 나는 좋다.

집으로 돌아오는 길에 흐뭇한 마음이 들면서도 한편으로는 아쉬움이 남는 것 같았다. 다음날 아침을 먹고 이번에는 나 혼자 다시 축제장을 찾았다. 내심 무언가 날 붙드는 느낌에 대해 밤새 생각해보니 또 가야 한다는 결론에 이르러서였다.

모든 것은 그대로였고 나는 어제와 똑같이 사과 튀김을 사고 노래를 듣고 일터를 구경하고 마지막으로 스프도 샀다. 이번에는 먹지 않고 모두 포장을 했다는 것이 어제와 달라진 일이랄까.

집에 돌아와 점심 식탁에 싸온 것들을 풀어 놓았다. 아이들 보기에 왠지 가을은 천고마비의 계절이라더니 엄마가 엄청 먹을 것을 밝히는 것처럼 비쳐질까 겸연쩍은 웃음이 나올 뻔 했다. 그러나 아이들의 반응은 조금 달랐다.

"와! 엄마 또 가을 갔다 온 거야? 어제 엄마가 그랬잖아. 거기가 가을이라고."

긴밀하지 않은 어울림

　이발소 안은 이미 만원이었다. 서너 명이 앉을 수 있는 작은 쇼파에서 기지개를 펴거나 꾸벅거리는 손님들은 족히 한 시간은 기다린 눈치였고, 플라스틱 이동 의자를 펴 앉거나 그냥 선 채로 기다리고 있는 사람들은 우리보다 조금 앞서 온 모양이었다.

　짧은 눈인사를 건네고 입구 쪽에 서 있었다. 대 여섯 평이나 될까? 작고 오래된 이발소였다. 한 쪽 벽으로 나무 테두리가 둘린 거울 두 개와 서랍장이 붙어있었고 그 앞으로 이발소 팔걸이 의자가 2개 놓여 있었다.

　벽면 모서리에 걸려있는 낡은 TV에서는 소리 없이 화면만 나왔고 대신 어디선가 경쾌한 리듬의 음악이 흘러나왔다. 인도 이발사는 손님의 머리를 손질하며 이 노래들을 따라 부르기도 하고 발굽을 치며 리듬을 타기도 했다. 그녀의 씰룩거리는 눈썹과 흥에 겨운 눈빛을 보며 어떤 이는 미소 짓거나 어깻짓으로 답했다.

가장 이색적인 장면은 머리 깎는 사람이 앉는 방향이었다. 통상 거울을 보고 앉는데 이곳은 정반대였다. 기다리는 손님 쪽을 보고 앉는다. 일행이 없는 사람들은 눈을 지긋이 감거나 창밖을 응시하는 것이 보통이었고 엄마와 함께 온 아이들은 잘려 나가는 머리카락을 보며 엄마와 눈을 맞추기도 했다. 다 자르고 나면 거울 앞으로 의자가 돌려진다.

거울에 비춰진 모습을 보는 사람들은 대부분 만족해하는 눈치였다. 중년 이상의 남자들은 이발의 연속으로 면도까지 이어하기도 했다. 이발사는 작은 고무 그릇에 하얀 크림을 풀어 부드러운 솔뭉치로 휘저었다. 손님 의자를 뒤로 뉘여 턱부터 구레나룻까지 면도 크림을 펴 발랐다. 그러더니 작은 칼처럼 생긴 것으로 밀어 내렸다. 사락사락 깎여 나가는 소리가 마치 좁쌀 으깨는 진동처럼 귓전에 울렸다. 더운 물수건으로 얼굴을 닦아주고 나면 이발 끝이었다. 머리를 감겨주거나 말리고 다시 한번 잔손질을 해주는 일은 없었다.

다 마친 손님은 계산대 앞에 놓인 작은 상자에 이발비 외에 얼마의 팁까지 넣어주며 감사의 말과 함께 그곳을 나간다.

얼마의 사람이 오든 크게 신경 쓰지 않고 얼마의 시간이 걸리든 불편한 기색조차 보이지 않던 사람들. 낡고 비좁은 공간에 옹기종기 묻어 있던 제각각의 풍경들. 긴밀하지 않은 어울림이 때로는 사람과 시간을 묶어준다.

길을 나서야 그려진다

수업이 갑자기 취소되었다. 환절기를 지나며 이른 감기를 앓는 선생님들이 종종 있다고 했다. 웅성거리는 교실을 빠져나왔다.

다른 사람들은 어떨지 모르겠지만 나는 이렇게 갑자기 찾아 드는 붕 뜬 시간이 좋았다. 비록 내가 의도한 건 아니지만 주워 쓰는 공것 같아서 하루가 더 길어진 기분이었다. 이럴 때 내가 하는 것이 있다. 얼른 그곳에서 나와 내가 아는 길이든 모르는 길이든 일단 가다가 눈에 드는 장면이 나타나면 자리잡고 스케치하기.

사실 이것은 정확히 내가 24살 되던 봄부터 강행했던 작업 방식이었다. 교수님께서 주제도 형식도 정해주지 않고 매주 그림을 그려오라고 했던 시절. 멍하니 작업실에만 있는다고 될 턱이 없었다. 타는 속을 안고 무작정 버스에 올라

탔다. 지금까지 잊혀지지 않는 김포 심제. 그곳에 내려서 날이 어둑해질 때까지 논밭을 헤매고 다녔다.

추우면 아무 비닐하우스에 들어가 몸을 녹였는데 그 때 거기서 첫 개인전의 압도적 주제가 된 파를 그리게 되었다. 그후로 나는 걸핏하면 길을 나섰고 가다가다 거기가 어디든 상관없이 자리를 펴고는, 날 잡아 세운 것들을 그려 댔다. 그것이 스무 다섯 해가 넘도록 습관처럼 붙어 다니고 있다.

그러니 공강이 될 때마다 더 바빠지는 건 당연했다. 그날도 학교를 나서서 20여 분 달리다 보니 나무에 휘감긴 길이 나왔다. 속도를 늦추고 힐끔힐끔 보다 안되겠다 싶어 길 옆으로 차를 세웠다.

나무들을 그릴 심산이었다. 종이를 펼쳐 앉을 곳을 찾는데 맞은편 길에서 웬 개 한 마리가 나를 발견하고 짖어 대기 시작했다. 그러더니 나를 향해 뛰어오는 것이었다. 털이 없는, 검은색 불독 비슷한 제법 큰 개였다. 순간 위협적인 느낌이 들어 그림이고 뭐고 제쳐둔 채 기겁을 해서는 다시 차에 들어갔다.

정말로 개는 나에게 달려오는 것이었고 때마침 도로에서도 커다란 트럭이 달려오고 있었다. 점점 속력이 빨라지는 두 가지가 내 눈앞에서 거칠게 부딪칠 것만 같았다. 달려들던 개가 다행히 차를 보고 급히 방향을 틀었다. 가속도가 붙은 개의 다리가 아스팔트에 비명소리를 내며 쓸렸다. 트럭 운전 기사는 개를 못 본 것인지 그 길로 사라졌다. 깽깽거리 며 뱅뱅도는 개가 다리를 절뚝거렸다. 개는 이내 집안으로 들어갔다.

차에서 내려 길을 건너가 보았다. 도로에 개의 핏자국이 선명하게 묻어 있었다. 개가 들어간 집의 문을 두드렸다. 할 아버지 한 분이 나오셨다. 그 뒤로 비슷한 개 대 여섯 마리 도 따라 나왔다. 내가 밖에서 본 것을 이야기하자 할아버지 께서 그 개를 안고 다시 나오셨다. 한쪽 다리의 표피가 벗겨 져 빨간 피가 나오고 있었다. 놀란 개는 이제 나를 보고 짖 지 않았다. 큰 사고로 이어지지 않은 것이 다행이었다.

그곳에서 머물기로 했다. 다시 종이를 펴고 앉아 그 개와 집과 할아버지를 그렸다. 나무는 길을 따라 꺾일 듯 종이에 담겼다. 아찔한 순간의 급박한 숨이었다.

어떤 곳에서 무엇을 그리리라 작정하고 떠나는 길은 나 에게 많지 않다. 그래서 순간의 감성이어도 좋고 먼 계획 같 은 것이어도 괜찮다. 간혹 오늘처럼 예기치 못한 상황을 보 게 되는 날에는 이야기 같은 그림이 그려지기도 한다. 길을 나서야 그려진다.

치파와 공원(Chippawa park)

그곳에 첫 발을 들였을 때 실제로 나무들은 금방이라도 살아날 것처럼 보였다. 축축한 잔디 아래로 뿌리들이 꿈틀대고 갈라진 나무껍질 속에서는 껌벅거리는 눈과 코와 입이 서서히 나오려 했다.

마음의 지도

길눈이 어두운 편이다. 방향 감각도 부족해서 쉬운 길도 매번 돌아간 적이 많다. 특히 지도를 보고 따라가는 건 너무 힘든 일이었다.

아이와 함께 지도 한 장을 받아 들었다. 차에 기름이 없어서 가장 가까운 주유소를 물었던 캠핑장 주인이 그려준 지도였다. 점멸등이 나오는 삼거리까지는 비교적 쉽게 찾아갔다. 그 다음 지도의 좌회전 표시를 따라 똑같이 방향을 틀었다.

아무리 가도 주유소는 없었다. 이러다 길에서 차가 멈출까 봐 아이도 나도 울기 직전이었다. 더 가는 건 무모했다. 일단 차를 세우고 가장 가까운 집에 들어가 물어보기로 했다.

앞마당이 넓은 파란 지붕 집이었다. 마당에는 풀어 키우는 닭들이 제법 되었다. 문을 두드리자 앞치마를 두른 젊은 남자가 손에는 주방 도구까지 든 채 달려 나왔다. 열려진 문틈으로는 달콤한 스파게티 냄새까지 번졌다. 바쁜 걸음으로 들어섰는데 마주한 모습들이 마음에 여유를 주었다.

사정 이야기를 하니 남자가 집안에서 종이 한 장과 펜을 들고 나와 지도를 그리기 시작했다. 바로 집 앞의 도로를 기점으로 시작된 지도였다. 신호등을 지나야 하는 길이 또 다시 그려졌다.

또 다른 지도를 받아 들고 아이와 출발했다. 아이는 지도를 마치 네비게이션처럼 우리 방향으로 놓았다. 그렇게 따라가니 금방 주유소에 도착할 수 있었다.

집으로 돌아오는 길에서 아이가 두개의 지도를 펼쳐 들고 유심히 쳐다보다 말했다. "엄마, 캠핑장 아저씨 지도랑 파란집 아저씨 지도랑 그려진 방향이 다르네? 근데 우리가 가는 쪽으로 돌리니까 같아지네."

찾아가는 사람이 향하는 방향으로 그려진 지도는 초행인 길도 비교적 쉽게 느껴진다. 그래서 종종 길을 잃게 되면 내가 바라보는 쪽으로 네모 종이를 움직여 본다.

어느 시절 어려운 길에 들어서던 때가 있었다. 누구는 나에게 고생되니 그만 놓아버리라고도 했다. 후회를 해본 적은 한번도 없었는데 그 말이 나를 슬프고 부끄럽게 만들었다. 그런 말들은 그냥 흘려버리고 내가 할 수 있는 것들을 하자. 애초에 가졌던 마음을 도로 펼쳐보는 일이 그것이고. 그 마음의 방향을 따라 끝까지 가는 일이 또 그것이고.

그림이 나에게는 그런 길이다.

기억의 표현

작은 길들이 모여 이룬 큰 길이 시내가 된다. 구제 옷이며 중고 가구를 파는 가게, 골목 안 작은 술집들, 장사를 하는지 안 하는지 알 수 없는 식당들이 거기에는 있다.

박물관이라는 간판을 보고 한 번 더 쳐다보게 되던 오래된 벽돌 건물은 시내 초입에 있었고 굴뚝으로 연기가 나던 화덕 피자집은 중앙 사거리에서 보았다. 성처럼 지은 건물 주변은 점심을 먹으러 나오는 사람들로 분주했고 시내 끝자락에 있던 터미널에는 어쩌다 겨우 버스 한 대가 있었다.

모두가 처음 보는 모습이라 지날 때마다 눈길이 가곤 했지만 내가 빠트리지 않고 챙겨보게 되던 것은 몇몇 건물에 그려진 벽화였다. 하나는 배가 정박해 있는 강가 풍경이었고, 다른 하나는 담배 연기에 가려 여자인지 남자인지 알 수 없는 사람 그림이었다. 눈에 띌 정도로 잘 그려진 것은 아니었다. 벽화를 그려 넣는 의도를 생각한다면 거기에서 작품성을 찾는 일은 무의미하다.

나는 조금 다르게 보고 싶었다. 강가 풍경이 그려진 그림 앞에서 왼쪽을 바라다보면 시내와 평행으로 흐르는 강이 보인다. 뒤로 조금 물러서서 시선을 확장시키자 그림이 강으로 연결된다. 물을 강물빛에 가까운 색으로 칠했던 이유도 자연스레 알아진다.

그곳이 시내가 되기 이전에는 과부들이 모여 살던 동네였다고 한다. 30년 전부터 그 마을에서 편의점을 하며 살고 계신 할아버지께 들은 이야기가 있었다. 그 여자들이 피워대는 담배 연기 때문에 밤이면 동네가 뿌옇게 되었다는. 이 우스개소리에는 얼마의 피로가 누적된 것일까.

그 시절의 과부 모습을 그린 것이라 생각하고 보니 그런 소재가 벽화로 그려지게 된 이유가 할아버지의 이야기와 맞아 떨어지는 것 같았다. 실제로 그 주변에서 담배를 피는 사람을 볼 때면 그들의 이목구비를 그림에 접목시켜보곤 했다. 그럴 때마다 다른 느낌의 초상화가 되었다.

누가 언제 그렸는지는 모르지만 강물과 사람들의 존재를 잊지 않았다는 것만은 알 수 있다. 기억을 표현한 일이 그림으로 남는다. 호당 가격으로 작가의 가치를 매기는 차가운 현실이지만 이렇듯 지난 시절이 우리 곁에 그림으로 남는다는 건 왠지 뜨겁기만 한 일이다.

오래 보는 공간

　시골에서 태어나 자란 아이에게는 동네 구판장이 유일한 가게였다. 가끔 심부름으로 사오던 밀가루나 설탕은 한 종류뿐이어서 아주머니께 물을 일이 없었다. 좋아하던 아이스크림 종류도 쮸쮸바와 깐돌이가 전부라서 고민하지 않아도 되었다. 한 가지 상표의 한 가지 물건은 선택이 필요치 않았다.

　문제는 도시로 나가면서 생겨났다. 가게들이 커지면서 물건의 종류가 많아지고 있었다. 벽이 보이지 않을 만큼 쌓아 올린 제품들 앞에서 가끔은 도망치고 싶었다. 선택은 꼭 필요하다 생각했지만 여전히 어려운 일이었다.

　한동안 머문 곳은 촌이었다. 집 근처에 식료품 가게가 하나 있었고 약국과 중국 음식점이 전부였다. 물론 차를 타고 조금만 나가면 더 큰 상점들이 있었다. 그러나 굳이 그런 곳들을 찾아다니지 않기로 했다. 작은 곳에서 매번 같은 상품을 구매하는 날이 많았다. 비교하는 것을 멈추기로 했다.

마트에서 어쩌다 내놓는 삼겹살은 보는 즉시 사게 되었고 닭날개 튀김은 언제나 중국식당에서 포장해왔다. 굳이 다른 곳에 가지 않아도 먹고 지내는데 큰 불편함이 없었다. 선택의 폭을 줄이니 생활도 단순해지고 오히려 그 안에서 만족하고자 하는 마음이 커지는 것을 발견했다.

쇼핑을 자처하는 사람들에게는 어쩌면 숨 막히는 곳이 될 수도 있다. 온라인에서 하루 종일 검색을 하고 그것을 토대로 매장에 가서 직접 물건을 본 뒤 다시 온라인으로 돌아오는 사람들. 심지어 인터넷에서 검색한 제품과 유사한 것들을 알려주는 문자까지. 그런 익숙함으로부터 멀어진다면 고립을 느낄 수도 있겠다.

입소문이 난 유명상표나 좋다는 댓글이 달린 인기상품에 둔감했던 걸 감안한다면 나의 익숙함이란 없었을 수도 있고 이미 과거에서 끝났는지도 모르겠다.

다시 도시로 돌아왔을 때 나는 생활 반경을 좁혀 나갔다. 걸어서 갈 수 있는 가게를 한 두 군데만 정해서 다녔다. 듬성듬성 채워진 진열대를 빨리 지나치지 않는 일 또는 한 가지를 정해서 꾸준히 사보는 일에 나는 제법 재미를 붙였다. 우편함에 넣어 놓고 가는 다른 동네의 대형마트 전단지나

새로 문을 연 가게의 광고는 어느새 잊혀졌다.

　많은 것을 한꺼번에 보기보다 적은 것을 오래 보고 싶었다. 구멍가게에서나 가능했던 일을 벌이는 이유이기도 하다. 그런 곳에서라면 오히려 시야가 넓어진다. 비어 있는 공간에 내 시선을 채워 넣을 수 있기에.

늦은 여정

파란 물줄기를 찾았고
우리는 그 앞에서 땅따먹기를 하다가
따뜻한 욕조에서 몸을 녹였습니다.

이른 여정

하루 종일 그림만 그리라는 죄목으로 유배를 간다면
나무의 생사와
생선튀김과
발길에 스치는 죽은 자의 집과

걸어야 찾아지는 길을
그려야겠습니다.

3부

그
때

순간을 주문하다

    강의실에서 나오다 막 커피를 받아 돌아서는 한 남자를 보았다. 구름처럼 몽실거리는 생크림이 그의 입술에 새하얗게 묻어 있었다. 순간적으로 그에게 커피 이름을 물었고, 그곳에서 처음으로 주문을 했다.

    사실 내 목적은 생크림이었기 때문에 크림이란 단어를 꽤나 강조해서 말했던 것 같다.

    프렌치 바닐라. 나는 아이처럼 커피를 받아 들었다. 생크림이 올려진 달달한 커피 향이 코끝에 퍼진다.

    사실 커피에 대해 잘 모른다. 어릴 적, 여름이면 대접에 커피를 타서 마시던 어른들이 우리 같은 아이들에게는 머리 나빠진다고 못 마시게 했던 황토색 음료수. 오전에 마셔줘야 기운이 나서 하루 일을 한다던 또 다른 어른들의 마치 만병통치약 같던 커피에 대해서도 별로 아는 바가 없었다.

10여 년 전에는, 혀끝에 신맛이 돌아야 제대로 된 원두라는 말을 들은 적은 있다. 외국에서 커피를 공부하고 돌아와 경기도 전곡에 커피집을 차린 어느 주인의 말이었다. 최근에는 원두를 볶는 기술에서 맛이 판가름 난다는 또 다른 커피 집 주인도 보았다.

그런 커피를 알려면 자주 접해야 할 텐데 나와 커피는 가까운 사이가 아니었다. 어쩌다 들어선 가게의 수많은 커피 이름 앞에서는 말이 잘 나오지 않아 당황했던 적도 있다.

그런데 '프렌치 바닐라'라는 이름은 처음인데도 친숙하게 다가왔다. 아마 영어의 친구를 의미하는 '프렌즈'에서 따온 것이 아닐까 하는 추측도 해보았다. 바닐라야 과자나 아이스크림에 많이 들어가니 단맛이 연상되는 것은 당연했다.

순간 '달콤한 친구'라는 한글 이름까지 지어보았다. 친구가 학교 자판기에서 뽑아준 100원짜리 내 생애 첫 커피. 뜨거운 커피 위에서 녹아 내리는 생크림이 그 때 그 하얀 친구 얼굴 같았다. 달달한 한모금에 따라온 크림이 내 입술에도 잠시 매달려 순간을 그렸다.

민들레 약

봄이 오니 학교 잔디가 민들레 밭이 되었다. 나는 민들레를 먹으며 자랐다. 어릴 적에 할머니께서는 봄나물로 해 주셨고, 크고나서 엄마는 초고추장에 무쳐 주셨다.

그러다 결혼해서는 내가 해먹게 되었다. 재래시장에서 이런저런 나물을 캐서 파시는 할머니께 봄이 가기 전 꼭 한두 차례 사오곤 했다. 흙과 잔뿌리를 다듬은 것은 그대로 씻기만 하면 되었고, 아직 마르지 않은 흙뭉치가 뿌리 사이에 있는 것들은 물에 불렸다가 칼로 긁어내야 했다.

고추장에 식초, 설탕, 굵게 찧은 마늘을 버무려 놓고 밥 먹기 직전에 무쳐야 제 맛이 산다. 미리 무쳐 놓으면 금세 이파리 숨이 죽으면서 물이 빠지기 때문이다. 생으로 먹을 때 퍼지는 쌉쌀한 쓴맛 하며 흙내가 좋다.

그런 내가 그냥 지나칠 리 없지 않은가? 학교가 쉬는 날

민들레를 캐러 갔다. 두어 시간 캐고 나니 가져온 봉지 두개가 그득 찼다. 집에 돌아와 흙뿌리를 정리하고 꽃은 떼 내어 뒷마당 그늘에 가지런히 널었다. 이파리는 그대로 저녁 초무침이 되었다. "엄마는 캐나다에서도 민들레 먹네?" 아이의 말에 '어머! 정말 여기에서도 내가 민들레 무침을 다 먹고 있네?' 생각했다.

이삼 일쯤 지나자 뒤뜰에 널어둔 꽃빛이 누렇게 바래져 갔다. 마침 옆집에 사는 존이 나왔다가 "그게 뭐야?" 물었다.

"민들레."

"그걸 뭐하게?"

"이거 사람 몸에 좋은 약이야."

"약은 제약회사에서 만드는 거잖아."

"그건 인공적인 약이고 이건 천연 약이야."

"어디에 좋은데?"

실제로 찾아보니 민들레는 동의보감에 기재되어 있을 만큼 간 해독, 각종 염증 개선, 고혈압, 소화불량, 불면증에 좋은 약재였다.

"그럼 나 조금만 줄 수 있어?"

"물론이지."

민들레 초무침은 못 먹을 것 같아 마른 꽃잎으로 해줄 수 있는 것들을 생각해보았다. 차로 마시는 것과 베개 사이에 넣어 자보는 것을 시도시켜 보기로 했다. 뜨거운 물에서 활짝 풀어헤친 민들레를 보며 나는 존과 오후의 차 한잔을 즐길 수 있었다.

차가 식어갈 무렵 나는 존에게 베개 하나를 가져오라고 했다. 작은 망에 말린 꽃을 넣어 그가 가져온 베개 한 귀퉁이에 잘 포개어 주었다. 며칠 뒤,

"윤! 그거 민들레 나도 구할 수 있니?"

"왜?"

"꽃 말린 거, 네가 베개에 넣어준 거 더 필요해. 그거 우리 아내 거였거든. 아이 낳고 불면증이 생겼는데 며칠동안 아주 잘 잤대. 수면제도 소용없었는데……. 그거 정말 약이었구나!"

그의 반응에 놀란 건 되려 나였다. 예전에 우리 집 앞을 지나시던 어느 할머니 한 분에게서 들은 걸 처음 따라해 본 일이기 때문이었다. 시골 길가의 민들레를 보시더니 저거 말려서 베개에 넣고 자면 좋다는 이야기였다. 곧이어 존의 반가운 말이 이어졌다

"은은한 들녘 냄새가 났대. 머릿속이 잔잔해지더래"

하얀 손바닥

5월 말이 되어서야 현관문을 열어 둘 수 있었다. 거실 끝에서 복도를 지나 현관문까지의 거리는 10여 미터 정도 돼 보였다. 이 통로에는 창문이 없어서 나는 이곳을 지날 때마다 터널을 걷는 기분이었다. 어둡고 긴 겨울 동안은 특히 더했다. 어서 봄이 되기를 기다린 것은 터널을 밝힐 수 있기 때문이었다.

오후가 되어 아이들이 학교에서 돌아왔고 문은 계속 열어 두었다. 동굴 안으로 빛이 들어오는 것처럼 봄볕이 우리 곁에 자리 잡았다. 아이들이 몰고 온 바람도 집안에 퍼졌다.

간식으로 만두를 구웠다. 현관 앞 가장 환한 자리에 앉아 먹을 참이었다. 그 때 밖에서 인기척 소리가 나더니 아이들이 나가는 모양이었다. 내다보니 흑인 아이 두 명이 우리집 앞에서 놀고 있었다.

"엄마, 우리 학교 친구 메다니오야." 아이가 말했다. 키가 크고 마른 메다니오는 인라인을 타며 동네를 도는 중이었고 그 뒤로 동생이 따라다니고 있었다. 형 옷을 물려 입었는지 바지 뒤축을 땅에 끌며, 손에는 닌텐도와 바게트빵을 쥐고 뛰다시피 힘겹게 다녔다.

손인사를 건네 보았다. 두 흑인 아이가 하얀 손바닥을 보이며 흔들어 댔다. 손가락이 얼굴만큼이나 길고 그들 눈동자처럼 뽀얀 색이었다.

어서 들어와 같이 만두를 먹자고 얘기했다. 냉큼 들어서리라 생각했는데 두 아이 모두 현관에 걸터 앉아 더 이상 집 안으로는 들어오지 않았다. 형의 눈치를 보던 동생은 들어오고 싶은 마음이 들었는지 슬그머니 신발만 벗어 보이다 말았다.

애초의 계획대로 구운 만두를 현관 앞으로 가져갔다. 문을 사이에 두고 네 아이들이 모여 앉았다. 처음 먹어보는 음식 앞에서 동생은 부끄러워했고 형은 한참을 쳐다만 보았다.

저녁이 될 때까지 열어 놓은 네모 문으로 많은 것들이 스치며 드나들었다. 아이들의 고함소리, 새소리, 멀리 집 짓는 소리 그리고 지는 노을까지. 이제 아이들이 집으로 돌아가는 모양이었다. 다시 흔들어 보이는 하얀 손바닥. 아직은 길

지 않은 봄볕을 잡아 둘 요량으로 이른 채비를 했던 날의 첫

인사, 하얀 손바닥.

숨

그에게 수영을 배우는 어른은 나 하나였다. 매번 목만 물 밖으로 내밀고 한참을 떠있어야 하는 생존 수영이었다.

그러고 보니 수영장이나 호숫가에서 오래 시간 물에 떠 있는 사람들을 많이 보아왔다. 처음에는 눈 여겨 보지도 않 았고 궁금한 것도 없었다. 그런데 막상 내가 경험해보니 어 렵고도 부러운 일이 되어버렸다. 무엇이든 직접 해봐야 안 다는 말은 이렇듯 정곡을 찌르기도 한다.

방법은 하나도 복잡하지 않았다. 팔은 수평으로 다리는 수직으로 툭툭 저어주면 되었다. 이때 가장 중요한 것은 숨 이었다. 천천히 들이마시고 내뱉는 것. 숨이 빨라지면 팔과 다리에 긴장을 주어 몸이 무거워지고 결국 가라앉을 수밖에 없는 이치였다.

이런 이야기를 들을 적이 있었다. 소와 말이 물에 빠지면 말은 물을 거슬러 그곳을 빠져나가려고 온 힘을 쓰다 결국 지쳐서 죽고, 소는 물이 가는 곳으로 따라가 산다는 이야기. 동물이 수영 이론을 배웠을 리 없겠지만 소는 숨 조절을 할 줄 안 것이었다.

나는 수영을 배웠음에도 말의 형상으로 힘만 쓰고 있었다. 나에게는 천천히 들이마시고 내뱉는 숨이 부족했다. 끝내 나는 그 수영을 완벽히 체득하지 못했다.

그래도 그런 수영법이 있다는 것은 여전히 사막의 오아시스 같기만 한 일이다.

청년과 화가

Painter로 나를 소개했지만
그 단어가 썩 마음에 드는 건 아니었고
내가 화가라는 것에 가장 관심을 보인 사람은
피자 한 조각의 하루로
한 여인을 헤쳐 놓은 병마에 기도밖에 할 수 없어
곁을 떠나온 생채기 같은 울음을 삼켜버린
허기진
한 청년
언젠가부터 나는 내 옆으로 그를 부른다.
그러면 수업은 듣는 둥 마는 둥
웅크린 어깨사이로 누런 이를 드러내며
빈 연습장을 내 옆에 슬그머니 밀더니만
뭘 자꾸 그려보란다.

어울리는 자리

잠시 살 집에 들인 가구는 몇 가지 되지 않았다. 식탁과 작은 책장 그리고 침대가 전부였다. 비어 있는 공간이 모두 우리 차지가 되었다. 그렇게도 살아지는 것이 신기해서 하루에도 몇 번씩 운동장 돌 듯 집안을 걸어 다녔다.

가끔씩 옆집에서는 무엇을 끄는 듯한 소리가 났다. 시끄럽게 이어지는 소음은 아니었고 쿵 하며 무언가 떨어지는 소리들이 많았다. 혼자 사는 여자의 집에서 날 만한 소리들을 상상해 보았다. 많지 않았다. 실수로 컵을 떨어뜨린다거나 청소를 하면서 생겨나는 생활소음들이 전부였다.

그러다 바닥에 끌리는 육중한 무게가 내는 소리를 듣고 무엇인지 알아냈다. 가구 옮기는 소리였다. 혼자서 조금씩 들었다가 끌고 내려놓는 모양이었다. 무거운 것들이 자리를 떠나면서 마치 발자국을 남기듯 찍고 가는 소리를 냈다.

떠올려보니 나도 결혼해서 처음 살게 된 작은 아파트에서 눈만 뜨면 가구들을 옮기던 적이 있었다. 그때는 처음 내 집이 생겨 맘대로 꾸밀 수 있다는 즐거움 때문에 힘든 줄도 모르고 옷장이며 세탁기까지 못 옮길 것이 없었다.

옆집 여자도 나와 비슷한 심정이라면 혼자서도 거뜬히 해낼 일이었다. 아마 밥 먹는 것도 잊을 수 있다. 여자에게 집을 단장하는 일은 꽤나 기분 좋아지는 일이기 때문이다.

옛날 생각에 웃음이 나다가 내가 서있는 집안을 바라보니 옮길 만한 것들은 없었다. 일부러 가구를 들이지 않았으니 당연한 일이기도 했지만, 어쩐지 통쾌하다는 생각이 들었다. 많은 것들을 채우지 않아도 똑같은 집이라는 것. 비우는 일도 단장하는 일만큼 즐거울 수 있다는 것.

오후에는 햇살이 들어찬 거실에 누워 이리로 저리로 뒹굴어 보았다. 단출한 살림이 내어준 공간에 나를 들여놓았다. 그러다 작은 가구처럼 몸을 옮겨도 보았다. 집에도 어울리는 내 자리가 있다.

미지근한 물

그해 여름 나는 차가운 물 대신 상온에 둔 미지근한 물을 한동안 마셨다. 갑자기 찬물을 잘못 마시면 코끝이 시큰해지면서 전두통이 오는 적이 있기 때문이었다. 갈증이 날 때까지 물을 참았던 내 잘못도 있겠지만 급히 마시는 것이 문제였다.

그에 비해 미지근한 물은 천천히 마시게 되었다. 왠지 보살핌을 받는 기분이 들었다. 한 모금 넘긴 물이 목을 타고 내려가면서 숨이 나온다. 더운 숨이다. 아마도 몸 안의 장기들을 보호하는 온도일 것이라 생각한다.

그렇게 물이 몸에 퍼지면 신기한 현상이 일어나곤 했다. 수축되어 있던 근육들이 말랑거리며 풀리는 느낌이 들면서 나른한 생기가 도는 것이다. 몸의 반응 속도는 느리지만 유연하게 대처할 수 있는 준비가 되었다고나 할까?

무슨 대단한 비결이라도 알아낸 것처럼 좋아하는 이유는 아마도 이 방법을 앞으로 살아가면서 여러 부문에 적용시킬 수 있을 거라는 기대감이 들어서이다. 특별히 사람과의 관계에서 잘 써보면 어떨까 싶다. 우리가 겪는 대다수의 어려움이 인간관계에서 오기 때문이다.

가령 오해를 받아 억울할 때 감정은 갑자기 뜨거워지기 쉽고, 또는 내 생각대로 상대가 움직여주지 않을 때 얼음처럼 차가워질 수 있다. 이럴 때 잠시 숨을 돌리며 마음을 알맞은 온도로 만드는 시간이 필요하다. 이것이 별 것 아닌 것 같지만 막상 그 상황이 되면 쉽지 않다. 그래서 자꾸 상기해야 한다. 나는 묵시적으로 뇌리에 미지근한 물을 떠올릴 참이다. 내 몸을 순환하던 그 여름의 고마운 물을.

여름 밀당

햇살이 좋은 날이면 어김없이 여자는 밖으로 나왔다. 아쉬운 건 햇살이 좋은 날이 그리 많지 않다는 것이었다.

여자는 따가운 여름 해를 좋아했다. 집 출입문 바로 앞에 비치 의자를 펼치고 내리쬐는 열을 온몸으로 맞이했다. 겨울이 긴 나라의 사람들은 여름에 1년치의 햇살을 쬔다는 말이 틀린 말은 아니었다.

여름이면 자외선을 피하느라 썬크림을 발라 대고 모자를 쓰는 내 모습과는 정반대로 여자는 했다. 광대뼈 부위와 팔뚝에는 검은 점 같은 것들이 빼곡하게 올라와 있었다. 그대로 두었다가는 살갗이 발갛게 되다 타버릴 것만 같았다.

그래도 평소 만날 수 없던 날들에 비하면 해가 그녀를 밖으로 불러준 셈이니 덕분에 우리가 마주할 수 있었다. 우울해 보이던 습한 감정이 볕에서 말라 가기를 바래 주었다.

벌써 몇 시간째 별 미동없이 누워 있는 여자를 보러 다시 나가 보았다. 여름은 생각보다 길었다. 잠들었는지 맥빠진 여자의 몸이 마치 미역 줄거리처럼 그곳에 걸쳐 있었다. 그만 걷어주고 싶었다.

이제는 집으로 들어갈 시간이었다. 여자에게 잠시 들렀던 마음도 나올 때가 되었다. 어딘가에 남모르게 드나든다는 것은 모종의 밀당 같은 것. 좋다고 마냥 있지 않으며 싫다고 쉬 나오지 않는.

여자의 열기도, 녹아내리던 나의 상상도 그제야 식는다.

바라던 마음

시내 외곽으로는 강이 흘렀다. 그 강 안에는 3km 정도 길게 뻗은 섬이 하나 있었다. 육지와의 거리가 무척 가까웠기 때문에 작은 다리가 길처럼 놓여 있었다. 성인 걸음으로 스무 발짝 정도 밖에 되지 않아 언뜻 보아서는 다리라는 생각도, 그 너머가 섬이라는 생각도 들지 않는 곳이었다.

그 섬 끝에는 이제는 끊어진 철로가 있었고 전망대라고 하기에는 부족해 보이지만 한두 사람 정도 서서 주변을 둘러볼 수 있는 작은 언덕이 있었다. 그곳에 올라가 보았다. 마치 뱃머리에 서 있는 기분이었다. 정면으로는 한줄기로 흘러오던 물살이 섬머리에서 두줄기로 나뉘는 게 보였고, 좌우 육지에는 오래된 고목들 사이로 집들이 보였다. 가만히 눈여겨 보니 강이 보이는 뒷마당에 나무로 테라스를 만든 집들이 많았는데 이런 집에는 영락없이 낚시하는 사람들이 있었다. 집에서 낚시라! 거한 행운의 소유자라는 생각에 부러운 웃음이 났다.

그 후로 아이들과 그곳을 종종 찾았고 갈 때마다 낚시하는 사람들이 자주 눈에 띄었다. 개중에는 아이들도 보였다. 아빠가 쓰던 낡은 낚싯대로 몸을 휘청이며 멀리 줄을 보내는 아이도 있었고, 다리 위에서 나무 작대기 같은 것에 줄을 매달아 던지는 아이도 보았다.

돌이켜보니 나도 어릴 적 집 앞 개울에서 물고기 잡이에 빠져 있던 때가 있었다. 낚시는 아니었고 돌멩이를 들추어 느린 물고기들을 손으로 잡는 것이었다. 어쩌다 운 좋게 모래무지나 미꾸라지처럼 빠른 것들을 잡는 날도 있었지만 대부분은, 우리 동네에서는 구구리라고 불리는 녀석을 많이 잡았다. 머리가 망둥어처럼 뭉뚝하게 생기고 입이 크고 그 입안에는 가시처럼 뾰족한 이빨이 있고 비늘이 까슬거리던.

잔잔한 물가에서 한참동안 허리를 숙이고 긴 기다림을 갖은 그 끝의 보상으로 한 마리를 건져 올리고 나면 멎었던 숨이 터져 나왔다. 그러면 내 손아귀에서 파닥거리는 작은 생물의 부레에 들어있는 공기도 피식하며 꺼지는 느낌이었다.

한곳을 응시하고 잠시 숨을 참아냈던 것은 훗날 나에게 득이 되는 습관으로 남았다. 원래 성정 자체가 느리기도 했지만 어떤 일을 할 때 끝까지 끈기 있게 해보는 마음가짐 같은 것이 생겼기 때문이었다. 그렇게 물고기를 유독 좋아했던 어린 시절의 경험 때문인지 작은 기회만 생기면 내가 할 수 있는 방법을 총동원해서 잡아볼 궁리를 하는 적이 많았다.

날이 따뜻해지면서 섬에 가는 날이 많아졌다. 포장된 산책길 말고 강가를 따라 나 있는 좁은 오솔길을 주로 걸어보았고 군데군데 사람들의 발길이 만들어낸 낚시 자리도 눈여겨 두었다.

그러다 '이 강에서는 도대체 어떤 물고기가 잡힐까?'라는 질문을 아이들에게 던지며 재미삼아 낚시를 해보기로 했다. 우선 마트에 가서 저렴한 초보자용 낚싯대를 구매했다. 다행인지 몰라도 고무로 만든 유인용 찌도 그 안에 들어있었다. 점찍어 두었던 낚시 자리로 달려가 모든 도구를 펼쳐 놓았으나 처음이니 제대로 될 리가 없었다. 그때 우리와 멀지 않은 징검다리 위에서 낚시를 하는 가족이 보였다. 배워보자는 마음으로 도구들을 챙겨 그들에게 다가가 보았다.

가까이 가서 보니 그들은 중국 사람이었다. 낚시를 배워보고 싶다고 말하자 할아버지께서는 내 아이들을 본인 가슴 앞에 세우더니 줄 감는 방법과 던지는 법을 아주 쉽게 가르쳐 주셨다. 그리고 우리가 가져온 찌는 못쓴다며 자신의 것

하나를 나누어 주셨다. 새우처럼 생긴 고무찌였는데 우리 것과 무슨 차이가 있는지는 솔직히 지금도 모르겠다.

할아버지께 무슨 비법이라도 전수받은 것처럼 아이들은 다시 우리가 있던 자리로 돌아와 제법 비슷하게 흉내를 내었다. 꼬이지 않게 줄을 감아 올리고 강물을 향해 힘껏 던지는 연습을 연신 해댔다. 줄이 풀리지 않도록 중간에 조절하는 것도 잊지 않았다. 물살을 따라 줄이 아래로 흘러가다 추가 강바닥에 닿으면 이제 기다리는 일이 시작되었다. 대충 던져 놓고 놀 것 같던 아이들이 꼼짝 않고 자리를 지켰다.

기다림이 필요하다는 것을 아이들도 직감으로 알아차린 것 같았다. 물론 큰아이는 큰 물고기를 잡아야지 바랄테고, 작은아이는 물고기를 잡아 엄마에게 요리해 달래야지 할 것을 안다. 동동거리는 그 마음을 누구보다 잘 아는 나였다.

무엇인가 바라는 마음은 기다리는 것에 충분한 시간과 공을 들이게 만든다. 주변의 소음에 둔감해지면서 자신의 미세한 감각으로 이 과정에 몰입하는 순간이 온다. 저절로 숨이 참아지고 몸의 진동마저 멈추게 될 때, 순간 들이닥치게 되는 것. 아마도 바라던 마음.

미안한 문

차를 주차하고 수업이 있는 건물로 들어가는 도보길에서 나는 번번히 미안해 하는 일이 생겼다. 걸어오는 나를 본 학생이 너나 할 것없이 출입문을 붙잡고 내가 들어올 때까지 기다려주기 때문이었다. 처음에는 당황스럽기도 하고 그런 일을 겪어보지 않아서 그저 고마운 마음이었다.

그래서 오전 1교시가 시작되기 전 20여 분 동안에는 실제로 출입문이 닫히는 경우가 거의 드물었다. 누군가 문을 잡고 기다려주면 나도 다음 사람이 걸어오는지 밖을 살피게 되었고 멀리서라도 사람이 보이면 문을 닫지 않게 되었다. 전염성이 강한 행동이었다.

한 가지 더욱 신기했던 것은 그렇게 서로 문을 잡아주면서 연신 'sorry'라고 말하는 것이었다. 나중에 들어오는 사람이 앞 사람에게 그 말을 하는 것은 이해가 되었지만 기다리던 사람도 같은 말을 하는 것은 도통 알 수 없는 일이었다. 그러나 나중에는 그 말이 미안하다는 뜻이 아니라 '괜찮아요'와 같은 의미라는 것을 알게 되었다.

잠시 나의 대학시절을 떠올려보았다. 그땐 뭐가 그렇게 바빠서 매일 뛰어다녔는지, 물론 기숙사에서 늦잠을 잔 적이 많아서 그러기도 했지만, 문은 항상 닫혀 있었고 늘 열고 들어가기에 바빴다. 뒤에 누가 오는지조차 신경 쓰지 않았다. 간혹 오래된 옛날문은 누군가 닫고 들어가면 그 반동으로 문밖까지 튕겨 나와 한눈을 팔다가 문에 부딪히는 경우도 있었다. 문을 잡고 기다려주는 사람도, 내가 기다려준 적도 없었다는 생각에 돌이켜보니 작은 것에서부터 참 각박하게 살아왔구나 하는 후회가 밀려왔다.

그러고보니 문이라는 것은 우리 삶에서 공간을 나누는 표시이기도 하면서 동시에 이곳과 저곳을 연결해주는 역할도 하고 있다는 생각이 들었다. 어디에 가든 우리는 문들을 통과하며 내 앞으로 뒤로 나 같은 사람들이 있는 걸 보게 된다.

그래서 될 수 있으면 내가 받은 sorry의 문을 그 사람들에게도 나누어 주고 싶다. 매몰차게 닫아버리는 문이 아니라 팔을 뻗어 잡아주는 문. 앞만 보고 가버리는 문이 아니라 뒤를 돌아봐 주는 문.

겨울 목도리

이곳의 겨울은 퍽이나 길 것이라던 말이 겨울이 닥쳐서야 생각났다. 서둘러 털실을 샀다. 여기서는 꼭 목도리를 떠서 두르고 싶었다.

환한 빨강색 털실이 한동안 내 발 아래서 뱅글거리며 풀렸다. 벌써 수십년 전 가정 시간에 배운 기본 실뜨기였다. 무심코 반복하다가 보면 꼭 중간에 한 코씩 빠져 있는. 맘에 안 들면 빠진 코 앞까지 풀어서 정신 바짝 차리고 다시 뜨거나 그럭저럭 되었다 싶으면 빈 구멍도 좀 있어야지 하며 넘어가는.

일주일이 걸려 제법 그럴듯한 목도리 하나가 완성되었다. 예전에는 멋으로 목에 한번만 둘러 앞뒤로 목도리 자락이 길게 내려왔지만 이곳에서는 감을 수 있는 만큼 목에 돌렸다. 그랬더니 세번 두르고도 남았다.

겨울바람에는 그저 목이 따뜻해야 한다는 말을 실천에 옮기는 중이었다. 실제로 목안으로 들어오는 찬바람만 막았을 뿐인 데도 체감온도는 확연이 차이가 났다. 무엇보다 손수 만든 것이라 그런지 내 몸도 다르게 반응하는 것 같았다.

나이가 들면서 이상하게 겨울이 점점 춥게 느껴진다. 더운 것은 참아지는데 추운 것은 참기가 어렵다.

생각해보니 여름보다 겨울에 나를 보살펴주는 것들이 많다. 외투, 모자, 장갑, 목도리, 털신. 그런 점에서 본다면 겨울이 여름보다 따뜻한 심성을 가진 것 같다. 냉방병에 걸리고 찬 것에 배탈이 나도록 내버려두는 것이 아니라 덮어주고 막아주고 감싸주면서 몸을 사랑해주는 겨울이 이제는 있다.

종이의 공간

아이가 종이를 접고 있다. 아무 말도 하지 않고 너무 집중한 나머지 입가에 말간 침이 매달린다. 손등으로 침을 훔친 아이가 꼼짝 않고 버티던 숨을 내쉰다.

비행기를 접는다고 했다. 가만 보니 이제껏 접던 모양이 아니었다. 공중을 오래 비행하는 것으로 최장 2분이 넘게 날아다닐 수도 있다고 했다. 실외에서 바람을 타고 날아가는 동영상도 내게 보여주었다.

그런데 그 바람이라는 것이 문제였다. 우리 마음대로 조정할 수 없는, 그래서 최장 2분을 최단 몇 초로 만들어 버리기도 하는 주범임에는 확실했다.

오전 내 접은 비행기들을 가지고 뒷마당에서 날려본다. 바람이 가는 방향 쪽으로 부드럽게 밀듯이, 머리가 약간 아래쪽을 향하도록 하는 것이 관건이다. 물살을 따라 물고기가 유영하듯 하얀 종잇장이 나풀거린다. 제법 머리 위에서 돌다가 착륙하는 기계처럼 서서히 땅으로 내려온다. 날리면 이내 곤두박질치던 옛날 비행기와 전혀 다른 모습이다.

종이가 달라서 이것밖에 못 나는 거라고 아이는 말했다. 색종이 한 장을 엄지와 검지 사이에서 비벼보았다. 집에서 만든 두부처럼 텁텁한 질감이었다. 무게도 평소 쓰던 색종이의 족히 두 배는 될 성 싶었다. 무게 역시 문제의 주범이 되었다.

바람과 무게는 우리가 어찌해볼 만한 상대가 아님을 안다. 할 수 있는 건 손톱 끝으로 접힌 부위를 야무지게 밀어내리는 것뿐. 종이 사이에 공간이 없도록, 꼭지점이 맞아 떨어지도록.

창공은 매초마다 바뀐다. 접혀진 질량도 매번 다르다. 날리면서 외치던 소원 같던 말들이 공중에 매달려 있다가 우리 틈으로 내려앉는다. 접혀진 것을 주워 다시 날리며 이번에는 먼지 같이 해묵은 말들도 토로해 본다.

얇은 종이에 무거운 나를 꼭꼭 눌러 접는다. 헤매던 마음들이 정리되기를. 한 줄의 선처럼 확실한 믿음들만 남기를.

위로를 전하는 침묵

한 여자의 곁으로 다른 여자가 다가왔다. 다른 여자는 한 여자의 아기를 번쩍 들어올렸다. 허공질을 하는 아이의 발이 간지러웠다. 잠시 후 두 여자가 입맞춤을 했다.

한 여자가 나에게 다른 여자를 소개했다. 햄버거 가게 유니폼을 입고 있는 당신이 먼저 눈인사를 보냈다. 머리를 길러 뒤로 묶은 건강한 체구의 당신과 나는 처음으로 인사를 나누었다. 당신은 과묵해 보였고 뒷짐을 진 자세 또한 무거워 보였다. 잠시 후 멀리서 달려온 큰 아이가 "Daddy" 하며 당신에게 안겼다. 가족이었다.

어떤 연유로 맺어진 가족인지 나는 모른다. 찾으려 들면 어딘가에 도사리고 있는 감당 못할 질문들이 나올지도 모른다. 일단 그것들은 헤집지 않기로 한다. 파헤치려다가 다시 덮어준 개미집 같은 것. 일말의 여지를 남겨두고 훗날 바라보게 되던 것들에서 나는 종종 위로를 발견하곤 했다. 이번에도 그런 예상이 들었다.

살다 보니 꼭 답을 알지 않아도 되는 것들이 점점 많아진다. 그래서 아주 사소해 보이는 질문에도 조심스러워지곤 한다. 이유를 묻는 것은 더 그러하다. 세상에 완벽한 답은 없다고 생각하기 때문이다. 그래서 내가 찾아낸 방법은 나와 상대 모두에게 위로를 보내는 침묵의 시간을 갖는 것이다. 어려워도 자꾸 그렇게 해보는 것이다.

우선 나에게는 다소의 충격으로 다가왔을 감정을 숨김없이 꺼내도록 해준다. 그러면 흥분이 섞인 반문들이 나오겠지. 그러다 그럴 수 밖에 없었던 그들의 자아상이 떠오를 것이고. 무엇보다 두 아이들이 커가면서 받아들여야 할 성 정체성 앞에서는 두통과 불면증이 몰려와 밖으로 뛰쳐나갈 수도 있겠다.

다음으로 어느 부부와 크게 다르지 않을 그들의 사랑하는 마음도 꺼내어 본다. 남들의 시선에 위축됐을 여린 여성의 눈물이 보인다. 정직한 산물이 침해당하는 기분도 든다. 그러다 작지만 안락한 그들의 안식처에서 따스해진다. 그곳에서 함께 밥을 먹고 잠을 자고 아이를 키운다는 것.

나와 당신들에게 말없는 위로를 전하기 좋은 날이다. 우리의 침묵이 길게 이어질 것이다.

일상의 흔적

점심은 항상 도시락이었다. 아이들 학교에 급식이 없는 것이 가장 큰 이유였다. 한 끼의 식사를 대체할 음식의 종류는 많았지만 기본적으로 밥을 빼놓을 수는 없었다.

캐나다에 가기 전 유용한 정보 하나를 얻었다. 바로 삼각김밥을 만드는 용기에 대한 것이었다. 편의점에서만 사 먹던 것을 직접 만든다는 생각은 해본 적이 없었는데 집에서도 무척 손쉽게 따라 만들 수 있었다. 도시락으로 제격이란 생각이 들어 사들고 온 것이 큰 도움이 되었다.

김밥 안에는 주로 볶은 김치나 구운 베이컨을 넣는 것이 보통이었다. 거기에 과일과 작은 쿠키 정도를 더하면 하루 도시락이 완성되었다. 가끔은 집에 있는 한 두 가지 찬으로 속을 채운 미니 김밥이 인기였다. '스시 스시'하며 아이들의 외국 친구들이 자신의 빵과 바꿔 먹자고 하는 적이 종종 있기 때문이었다.

아이들이 학교에서 돌아오면 그날 점심 먹은 이야기들을 풀어놓는 적이 있었다. "밥 사이에 김치가 너무 많더라, 베이컨은 잘게 썰어 넣어 달라." 하는 식의 주문이 대부분이었고 어쩌다 친구에게 밥을 나누어 주거나 바꾸어 먹은 날은 배가 고팠다고 했다.

설거지를 하려고 도시락 뚜껑을 열면 그날 아이들이 어떻게 먹었는지 알 수 있었다. 이런 저런 음식 조각들이 묻어 있으면 무언가 재미있는 이야기를 하며 먹느라 흘렸을 거라고, 혹시라도 과일을 남겨오면 빨리 먹고 나가서 축구를 하려는 통에 잊어버렸을 거라고 생각했다.

매일 다른 흔적들을 보는 시간이 좋았다. 흔적은 손길에 의해 만들어지기 때문이다. 점심의 아이들은 부산을 떨며 음식을 만든 내 손길을 보았을 것이고, 저녁의 나 또한 도시락을 비워가며 만지작거린 아이들의 손길을 마주한 것이기에.

그러고 보면 나란 사람은 비록 솜씨는 부족하지만 주변에 많은 흔적을 남기며 살아가나보다. 그 손길들에게 안부를 전해 본다.

담장 위의 한 접시

그날 저녁으로 잡채를 만들었다. 습관인지 몰라도 나는 조금 특별한 음식을 만들 때마다 한 접시 나누어 먹을 이웃을 떠올려보곤 한다.

그 이유를 곰곰이 생각해보니 그것은 내가 살던 시절의 영향이 컸다. 할머니께서 떡이나 제사 음식을 만든 날은 우리집과 붙어있는 집들 담장 위에 꼭 한 접시씩 올려주곤 하셨다. 한 쪽 옆집에는 일찍 남편이 죽어 삯바느질을 하며 아이들을 키우는 정이 많은 아주머니네가 살았다. 막내 오빠가 나보다 3살 많았는데 할머니를 따라 밤마실을 가면 오빠가 나를 데리고 마당에서 땅강아지를 잡아주며 놀던 기억이 있다.

다른 옆집은 선생님 부부가 살고 계셨다. 그분들은 평생을 우리 동네 학교 선생님을 하셔서 나의 부모님과 나를 모두 가르치셨다. 담장 위에서 뽀얀 김이 나던 그 한 접시를 그네들과 함께 내 마음에 새겨 둔 모양이었다.

내가 어른이 되어 살다 보니 이웃들과 무엇인가 나눈다는 것이 쉽지만은 않았다. 우선 집 구조가 바뀌었고 서로의 사생활을 더 중시하면서 왕래가 멀어진 데에도 큰 이유가 있었다. 그럼에도 문득 우리 식구가 먹을 양보다 좀 더 많이 만들어야겠다는 생각이 드는 건 이미 누군가에게 주고 싶은 마음이 앞서가서 일 것이다.

그런 마음이 들면 대충대충 만들지 않게 된다. 더군다나 손이 많이 가는 잡채는 더했다. 당면도 삶아야 하고 속 재료들도 각각 따로 볶아야 한다. 큰 후라이팬에 이것들을 버무리면서 양념하는 것이 쉽지만은 않다. 그래도 20여 년 가까이 주부로 살다 보니 구색을 갖추어 만드는 것들이 생겼다. 그 중 하나가 잡채였다.

문득 근처에 사시는 마가렛 할머니가 생각났다. 나눌 사람이 생긴 셈이었다. 저녁이 되기 전에 그분의 집을 찾았다. 벌써 집안은 음식 냄새로 가득 차 있었다. 부엌 살림을 주로 담당하는 막내 아들이 식사를 준비중이라고 했다.

그들이 저녁상에 어떤 음식들을 올리는지, 내가 만들어 온 잡채가 그곳에 어울릴지 알 수 없었다. 음식 준비를 돕던 딸이 내가 들고 온 것을 받아 들었다. 한국에서 잠시 살았던 그녀는 잡채를 알고 있었고 무척이나 반가워했다.

집으로 돌아가는 나에게 할머니께서는 저녁으로 준비해 둔 음식들을 조금씩 싸 주셨다. 서로 나눈다는 것은 어찌 보면 참 쉬운 일이었다. 내가 먹을 한 숟가락을 덜어주는 일. 나도 그의 한 숟가락을 받아 고맙게 먹는 일. 손수 만든 것들이 서로의 마음속 담장에 올려진 날이다.

감정의 길목

가끔 목적지 없이 혼자서 차를 몰고 나선다. 그곳이 도시라면 잠시 머뭇거리다가 말았을지도 모르지만 대부분 시골 살이라서 가능했다. 차가 없는 길을 최대한 천천히 달려보는 것이다. 그러면 앞만 바라보던 시선을 양 옆으로 나누어 줄 수 있다.

간혹 사람들 사이에서 불편한 기분이 들때에도 나는 이 방법을 시도하기 시작했다. 일단 그 공간에서 나와 길을 걷는 것으로 운을 뗐다. 걸으면서 자책도 하고 스스로에게 질문도 해본다. 그러다 마음속에서 정직한 답변을 듣고 나면 '그래 그럴 수 있다' 인정해 준다. 그리고 한참을 더 가주었다.

그날도 말없이 나왔다. 운전대를 잡고 걷는 것처럼 길을 나섰다. 나무와 집과 들판 사이로 길이 있다는 건 이럴 때

참으로 고마운 일이다. 마치 나에게 끝도 없이 문을 열어주는 느낌이랄까.

한참을 가다 보니 왠일인지 차가 막혀 있었다. 앞에 강이 보였고 더 멀리로는 배가 보였다. 사람들이 차에서 하나 둘 내리기 시작했다. 이곳이 선착장은 아닌데 도통 이유를 알 수 없었다. 내려서 보니 강에 있는 다리가 서서히 올라가고 있었다. 더 가까이에서 보고싶어 강가쪽으로 내려가 보았다. 배를 보내기 위해 하루에 두 차례씩 올라가는 다리에 대한 알림판이 있었다. 사람이 다리 위에 지어진 작은 집 같은 곳으로 들어가 직접 작동시키는 것도 보였다.

배는 물건을 실어 나르는 화물선이었다. 흰색 화물선은 멀리서부터 연기를 뿜으며 서서히 다가오고 있었다. 다리도 배도 우리 눈으로 느껴지지 않을 만큼 천천히 움직였다.

이 모습을 지켜보는 사람들은 크게 두 부류로 나뉘었다. 강 주변으로 가서 처음부터 끝까지 그 광경을 바라보고 손을 흔들기도 하며 적극적으로 즐기는 한 부류가 있었고, 멀찌감치 떨어진 곳에서 자리를 깔고 반쯤 누워있거나 바로 앞 식당에서 주전부리를 하며 쉬는 또 다른 부류가 있었다.

나는 전자의 경우가 되어 그 풍경과 시간에 들어섰다. 그러다 문득, 다가오는 배는 살아있는 내 감정이며 올라가는 다리는 그 감정이 지나가는 길목 같다는 생각이 들었다.

감정은 흘러가도록 두어야 하고 길은 늘 열려 있어야 순환 되듯이, 어느 움직이는 마음 하나가 터진 길을 따라간다.

작게 보아야 커지는 것

처음으로 크리스마스 저녁 식사에 초대를 받았다. 모리스의 집에 가족 몇몇이 모이는 자리였다. 가까이에 사는 아들과 딸의 가족 6명, 함께 사는 미혼의 두 자녀가 모였다. 그중에는 아이들이 3명 있었는데 14살 된 여자아이와 8살 동갑내기 남자아이 2명이었다.

아래층에 마련된 식탁에서 식사를 하는데 한 남자 아이가 끙끙대며 안절부절 못하는 눈치였다. 자꾸 일어서려는 아이의 손을 지긋이 눌러 잡은 아빠가 "아직 아니지." 하며 아이와 눈을 맞추었다. 아이는 말 대신 이런저런 소리를 이따금씩 냈다. 조금 서둘러 아이의 밥을 챙겨 먹인 아빠가 아이를 데리고 자리를 빠져나갔다.

잠시 화장실에 가려고 위층으로 올라간 참이었다. 거실 바닥에서 아빠와 아들이 뒹굴며 간지럼을 피우고 있었다.

그들은 말 대신 소리 내어 웃었고 몸으로 놀았다. 아이의 모든 것이 아빠를 향했다.

다시 내가 아래층으로 돌아왔을 때, 모리스가 그 아이에 대한 짧은 소개 정도를 해주었다. 아이의 엄마는 오늘 이 자리에 오지 못했지만 훌륭한 여성이고 아이는 자폐라고. 그렇게 말해주는 모리스의 얼굴은 다른 때와 마찬가지였다. 그것은 그저 그들에게 삶의 작은 부분이었다. 그것 때문에 달라지는 것은 아무것도 없었다.

감기처럼 누구에게나 언제든 올 수 있다고 생각하면 조금 아프다가 지나가겠지만 병처럼 키우면 정말 큰 장애가 되어 낫지 않을 수도 있는 일. 작게 보아야 마음에서 커지는 것들이 인생에는 있기 때문이다.

그 커진 것들을 마음 안에 많이 모으는 연습을 하는 것이 우리에게 주어진 삶인지도 모르겠다. 나이가 들어 스스로를 뒤돌아보는 고백이 부끄럽고 아프지 않도록.

시인에게

낙서 같은 글들을 시작한지는 5년이 되어갑니다. 그간 큰일도 있었고 작은 일들도 있었네요. 가장 큰일은 저희 가족이 외국에서 1년이 조금 넘게 살다 온 일이겠고요. 작은 일들이야 누구나 비슷하게 겪으며 지나가는 것들이니 나열하지 않아도 되겠지요. 많은 일들이 글을 쓰게도 만들었고 글을 못 쓰게도 만들었습니다. 마음에 가라앉은 것들은 하나씩 꺼내어 글로 지어 보았습니다. 반면 마음에서 증발된 것들은 기억도 희미해진데다 글로 쓰기에도 궁색하여 그만 두었습니다.

그 즈음에 선생님의 산문집을 만났습니다. 쉬우면서도 신기했습니다. 어려운 문장이 하나도 없어서 쉬웠고, 그렇게 쉬운 문장으로도 좋은 글이 써진다는 것이 신기해서 몇 번을 읽었는지 모릅니다. 옷차림에 비유하자면 톱톱한 면바지에 작은 이니셜 정도가 새겨진 감색 티셔츠일 것입니다. 그림에 비유해보니 선과 형태가 단순화되면서 회화성은 깊어지는 비구상 작업이 떠올랐습니다. 이것은 지극히 제 개인적인 견해이니까요.

책에 보니 손편지를 많이 받고 싶다고 쓰셨습니다. 그 문장이 마음에 맴돕니다. 반가운 손님 같기도 했고 식전의 출출함 같기도 했습니다. 기다리던 손님이 오시면 방문을 열고 맞이하듯이, 출출하던 차에 받은 밥상이 달디 달듯이 말이지요.

그래서 이렇게 저를 알지도 못하는 분에게 편지를 쓰고 있나 봅니다. 그래도 저는 선생님의 책들을 찾아 읽었으니 조금은 선생님에 대해서 아는 것들이 있네요. 도다리쑥국과 멸치쌈밥은 언젠가 봄에 남해를 찾아 꼭 먹어 보기로 했습니다. 어느 여자 중학교 앞 김치찌개는 먹는 것보다 그 부부의 눈빛이 더 보고싶고요. 제 고향에서 가까운 수안보의 꿩고기가 유명한 줄은 몰랐습니다. 초간장은 공교롭게도 어릴 적부터 맛을 들여 지금도 만들어 먹는 것이라 말이 필요치 않고요.

저 역시 그림을 그리러 많은 길들을 혼자서 나서는 적이 많았습니다. 선생님처럼 태백이나 남도의 한 소읍에 가서 달방을 잡아 스케치를 하고 싶지만 오래전 결혼하고 아이가

165

생기면서부터 어렵게 되었습니다. 대신 낮에 마음껏 돌아다닐 수 있으니까요. 요즘은 자전거를 타고 다니며 그리기도 한답니다.

기계에 둔감하고 미디어에도 느려서 방송 매체를 통해 선생님을 찾아보는 일은 하지 못했습니다. 대신 책을 읽고 필사하면서 제 마음대로 선생님이라 정하고 저는 학생이 되어 비교적 성실하게 배워 나가고 있습니다. 이해력과 순발력이 좀 느린 편이라 남들이 두 번 보고 아는 것을 저는 다섯번은 보아야 알아지니 그만큼 시간도 많이 걸립니다.

산문이 참 좋습니다. 읽으면 알 것도 같고 모를 것도 같습니다. 누군가의 생각을 온전히 이해하기보다는 곱게 바라보고 싶습니다. 그러면 더 좋은 글들이 나오리라고 믿어지니까요.

저 역시 선생님처럼 내성적인 어린 시절을 보내며 선생님께서 글을 쓰셨듯 저는 그림을 그렸습니다. 누구에게나 한 가지 재능은 있다고 했는데 제가 그것을 잘 찾은 건지는 모르겠지만 앞으로 살면서 이보다 더 나은 것은 찾지 못할 것 같다는 생각이 듭니다.

요즘에는 작은 캠핑 박스에서 그림 그리고 글을 씁니다. 창문이 커서 바깥 풍경을 내다보기에 아주 그만입니다. 나중에 차를 사면 캠핑 박스를 넣고 여기저기 다니며 먹고 자고 쓰고 그리기를 하려고 합니다. 거기에는 작은 책꽂이와 책상을 놓을 것이고요. 그럼 아마 선생님의 산문집도 그곳에 함께할 것입니다.

제 산문에 선생님께 드리는 편지를 넣는 것은 생각치 못한 일이었는데 그래도 마음이 시켜서 한 일을 하고 나니 시원합니다. 편히 보아주셨으면 합니다. 한 번 뵙게 된다면 제 그림도 한 번 보여드리고 싶습니다. 알고 계시듯 그것은 선물이 될테니까요.

이제 봄이 오면 집 앞에 오죽과 청죽을 내 놓을 참입니다. 올라오는 새순을 본다면 찬 겨울을 잘 견뎌준 것이 고마워 덥석 안아도 볼 참입니다.

4부

그

후

나를 자라게 해 준 것들

　　내가 아플 때마다 약을 지어오던 상투 할아버지네, 아궁이 천정의 재를 긁어 물에 타 먹이라던 그 상투 할아버지의 처방, 물도 넘기지 못하는 한 살배기 나를 들쳐 업고 대전 성모병원으로 향하던 엄마의 숨, 그 병원에서 시판 전인 약처방에 사인을 하고 나에게 먹인 뒤 여관을 하루 잡아 자던 밤, 수두에 걸려 꼼짝 못하고 누워있던 날, 할머니가 사오신 장터 순대, 초등학교 1학년 때 생긴 나무 책상, 앞마당에서 혼자 배운 두발 자전거, 할아버지가 여물을 쑤어 주던 겨울 황소, 자려고 누우면 머리맡 창호지로 새어 들던 달빛과 겨울 우풍, 뒤꼍, 나만 보면 히죽거리던 정 많은 삼촌, 10살 크리스마스때 24색 외제 색연필을 보내준 시집간 막내고모, 돌멩이 밑에 숨어있던 구구리, 된장에 삶은 고동과 그것을 빼먹던 탱자나무 가시, 조선 간장에 지진 물고기조림,

쉰 총각김치찌개, 제삿날 부침개, 모든 나물, 대청마루에 치
고 자던 파란 모기장, 초등학교 5학년 담임선생님과 친구들,
유리병에 담겨 살얼음이 언 흰 우유, 화롯불에 구운 가래떡,
둑둑 분질러 먹던 처마 고드름.

소금간

소금만으로 간을 한 봄 쑥개떡
찝지름한 여름 강낭콩떡
최근에 먹어본 소금빵

들어주는 마음

누군가에게 속마음을 드러낼 때가 있다. 그렇다고 그 사람을 미리 정할 수는 없다. 나도 모르게 그냥 그래도 될 것 같은 기분이 드는 사람이다. 신기하게도 이런 예감은 대부분 적중했다.

살아오면서 나에게 그런 사람은 많지 않았다. 기억을 더 듬어보니 세 사람 정도가 떠오른다. 그 세 사람은 나에게 고마운 이들로 기억된다. 어쩌면 나의 싫은 모습을 더 많이 보였는지도 모르겠지만 그래도 그들 모두 나에게 진심을 기울여주었다. 이 말은 내가 그들에게서 받은 것이 더 많다는 뜻도 될 것이다.

더 깊이 생각해보니 그들이 나를 바라볼 때의 표정은 참으로 행복해 보였다. 원래 행복했을 수도 있겠고 조금이나마 내가 그들에게 기쁨을 주는 어린 사람이었을 수도 있다.

덕분에 나도 그들 앞에서만큼은 솔직하고 당당했던 것 같다.

나이가 들어 갈수록 그런 누군가를 만나는 것이 어렵다. 대신 내가 누군가에게 그런 사람이 될 수 있는 기회는 점점 많아지고 있다는 생각이 든다. 그래서 될 수 있으면 누군가의 이야기를 들어주려고 애쓰게 된다.

누군가의 좋은 감정을 들어주는 마음은 조금 조심스럽다. 내가 당사자보다 더 좋을 수는 없기 때문이다. 그 사람의 걸음을 따라가는 정도이면 될 것이다. 앞서지 않을 때 좋음은 깊어진다. 반면에 싫어하는 감정을 들어주는 마음에는 용기가 필요하다. 당사자는 그것으로부터 멀어지고 싶기 때문이다. 그의 손을 잡고 앞서주면 될 일이다. 앞서줄 때 싫음은 위로 받는다.

봄볕이 좋은 날 하천변을 걷다가 개울에 놓인 징검다리를 건너본다. 단단한 돌에 발을 디딘다. 돌들 사이로 여전히 물은 흘러간다. 저쪽 끝에서 이쪽 끝으로 오니 볕이 더 따뜻하다.

옛 조각

오래된 물건을 좋아한다. 수집광은 아니지만 눈에 드는 물건이 있으면 버리지 않고 모아두는 편이다. 내가 모은 가장 오래된 물건으로는, 친할아버지가 쓰시던 90년은 족히 된 은 숟가락과 70년 정도 돼가는 친할머니의 동전 지갑이 있다.

그리고 지금 집에서 반찬 접시로 쓰는 도자기 그릇들이 있는데 엄마 말씀으로는 이것들이 100년도 넘은 골동품 같은 거라 하셨다. 할머니께서 시집오실 때 장만해 두셨던 그릇들인데 아끼시느라 한 번 써보지도 못하신 채 돌아가셔서 지금 엄마와 내가 나누어 쓰고 있다.

그 중에서 나는 옥빛 접시를 가장 아낀다. 접시 안에는 먹으로 그린 새우 한 마리가 있다. 그린 방식이 한국화 기법이어서 보자마자 알아버렸다. 단번에 빠르게 그어야 살아있는 선이 된다는 것도. 좀더 구체적으로 말하면, 새우의 수염 같은 경우 그리는 속도에 따라 굵기가 천지차이로 바뀌게 된다. 알다시피 새우 수염은 아주 가늘기 때문에 순간적으로 내빼듯이 그려야 생동감이 살아나는 것이다.

그 접시의 새우를 그린 옛 화가를 떠올려 본다. 아직 유약을 바르지 않은 텁텁한 질감의 그릇 하나가 그의 앞에 놓인다. 벼루에 갈아 둔 먹과 흰 접시와 붓 한자루도 곁에 자리한다. 먹을 흠뻑 먹은 붓이 접시에서 다듬어진다. 붓을 직각으로 세워 굵은 터치로 새우의 몸통을 그려 나간다. 다음은 새우 수염인데 앞전에 말한 방법이 그의 손에서 나올 것이다. 마지막으로 새우의 눈. 그것에는 청빛이 더해진다. 다시 붓끝을 모아 청먹색의 점을 찍는다. 더할 것도 뺄 것도 없는 담한 먹그림이 접시에 담기면 이제 화가도 붓을 놓는다.

도자기에 그림을 그려본 적 없는 내가 그분의 필력을 보고 유추한 데에는 나도 언젠가 흙으로 빚은 그릇에 수묵화 한점을 그려 넣고 싶어서이다.

매일 할머니의 접시에 김치며 갖가지 반찬을 담아 먹는다. 설거지를 할 때에도 조심한다. 특별히 찬장에는 고정 자리까지 마련해 두었다. 그것이 나에게는 할머니의 유산이면서 옛 화공의 가르침으로 받아들여지기 때문이다.

메모와 스케치

대학에서 그림을 배우기 시작하면서 나는 헝겊으로 만든 커다란 가방을 하나 샀다. 가방 안에는 늘 갱지 스케치북과 4B연필을 챙겨 다녔다. 어디서든 바로 스케치북과 연필을 꺼내어 그림의 소재가 될 만한 것들을 스케치하기 위해서였다.

처음에는 소재의 제한 없이 인물이건 정물이건 풍경이건 닥치는대로 그렸다. 세밀하게 그려서 종이 한장으로 끝나는 것도 있었지만 대개는 수십 장까지 반복해서 그렸다. 그렇게 열심히 손을 놀리다 보면 그 수십 장 중에서 겨우 그림이 될 만한 한 두장이 추려지게 된다. 사실 그보다는 소득 없이 끝나는 경우가 더 허다했다.

교수님들께서는 스케치가 되어야 거기서부터 그림이 나온다고 늘상 가르치셨다. 이런 점에서 본다면 화가들은 부지런해야 했다. 스케치는 앉아 생각만 한다고 나오는 것이 아니기 때문이었다.

그래서 수업이 비는 시간에는 어디든 가야했다. 버스나 지하철 혹은 터미널이나 시장에는 인물 스케치를 하기 위해 갔고, 시골마을에는 풍경 스케치를 하러 다녔다. 간혹 사진을 찍어와 그것을 보고 그리는 선배나 동기들도 있었지만 나는 직접 보고 그려야 내 것이 된다는 생각에 힘들어도 항상 장소를 찾아다녔다. 그러나 손도 눈도 어린 시절이어서 나간다 해도 헤매는 경우가 많았고 그린다 해도 낙서처럼 서툴기만 했다.

그렇게 그림 공부를 하면 할수록 스케치가 곧 내 자산이라는 것을 스스로 인정하게 되었다. 스케치는 그림의 전초 작업이기 때문에 관찰과 끈기로 한 장 한 장 그리다 보면 그것이 곧 작품으로 이어졌다.

글을 써야겠다고 생각한 어느 봄에도 나는 길에서 스케치를 하다가 종이 한 구석에 '글'이라는 단어를 적어 두었다. 그리고 지금 이렇게 글을 써보는 중이다.

글쓰기를 하면서 생겨난 행동이 하나 있다. 그것은 메모하기이다. 전문적인 문인분들이야 이미 머릿속에 줄줄이 이어진 글감들이 있겠지만 나 같은 초심자에게는 떠오른 한가지가 밥 먹는 것보다 배부른 일이다.

한번은 목욕탕에 가서 온탕에 앉아있는데 갑자기 소재 하나가 떠올랐다. 그래서 중요 단어 두 세가지를 추려 집에 가기 전까지 기억하려고 애썼다. 목욕을 하는 건지 마는 건지 그래도 때는 밀어야지 하며 주변 소음에 휩쓸린 순간, 까맣게 잊어버리고 말았다.

자주 목욕탕에 가다 보니 그 다음번에도 비슷한 일이 생겼다. 그때는 씻다 말고 나와 직원에게 메모지와 볼펜을 빌렸고 떠오른 것들을 적었다. 그리고 집에 돌아와 그 작은 종이를 다시 한 번 보면서 머릿속에서 대략적으로 이야기를 지어본다.

생각지도 못한 메모들이 생겨나면서 나는 작은 상자에 모아두는 중이다. 마치 스케치를 모으듯.

그림과 글이 어떻게 같겠냐마는, 신기하게도 나는 글을 쓰면 쓸수록 내가 그림을 그릴때와 그 모양새가 비슷하다는 생각이 든다. 그래서 나중에는 내 그림을 닮은 글이 쓰여질 거라는 이상한 믿음도 생긴다. 그것이 좋은 글이라는 이야기가 아니고 나만의 표현이 글에서도 나오리라는 뜻이다.

내 그림을 아는 사람은 많지 않다. 내 글을 읽어본 사람은 거의 없다. 그럼에도 나는 그림을 그리고 이제 글도 써보려 한다. 겨우 그림에서 눈을 떴고 어떻게 그려야 할지 맥을 잡았으니. 글도 같은 선상에 있다면 통할 것이기에.

물고기 조림

시골에서 나고 자라면서 생긴 좋은 식습관 중 하나는 음식을 가리지 않고 잘 먹는다는 것이었다. 당연히 고기보다는 주로 밭에서 나는 농산물이 늘 밥상에 올랐다. 평생 농부로 사셨던 할아버지 할머니와 살다 보니 자연스레 입맛도 닮아갔다.

봄이 되면 들에서 뜯어 무친 냉이며 달래 같은 나물이 좋았고 여름에 냇가에서 잡은 물고기며 고동은 할머니의 특별 요리법이 있었는데 지금도 그 맛을 잊지 못한다. 누가 나에게 가장 좋아하는 음식이 무엇이냐고 묻는다면 주저 없이 그 시절 물고기 조림이라고 말할 것이다.

여름마다 삼촌은 친구들과 계곡이나 냇물에 들어 민물고기를 잡아왔다. 좁은 계곡에는 떡밥을 넣어 둔 어항을 놓았고, 깊은 내에서는 그물을 쳐서 잡기도 했다. 주로 잡히는 것들은 피라미나 붕어 같은 작은 물고기였다.

소쿠리에 한가득 잡아온 것들을 삼촌이 우물에서 손질한다. 물고기 배를 터트려 그 안에서 내장과 부레를 꺼낸다. 깨끗한 물에 휘휘 씻어 건진다. 배가 홀쭉해진 물고기들은 아직도 살아있는 것처럼 눈도 뜨고 있고 비늘도 반짝거린다. 검지 손가락으로 살짝 눌러보면 물컹하다.

삼촌이 이것을 할머니께 가져다 드리면 곤로 심지에 불을 붙이시고 양은 냄비를 올려 놓으신다. 냄비에 물고기가 잠길 만큼 물을 부으시고 끓이신다. 끓기 시작하면 조선 간장과 고추가루로 양념을 하신다. 더 이상 아무것도 넣지 않으시고 물이 자작자작해질 때까지 약한 불에 두신다.

금방 해서 끼니때 먹기도 했지만 나는 부엌 찬장에서 하룻밤 식은 것을 더 좋아했다. 물고기들이 뻐덕뻐덕하게 굳어야 뼈 째 씹히는 식감이 나고 살에도 짭짤한 간이 잘 베어들기 때문이었다.

그러나 이 음식은 이제 먹을 수가 없다. 물이 오염되어 물고기를 잡을 수도 없고 설사 구한다 해도 할머니처럼 만들지 못한다.

날 좋은 주말 오후, 집에서 가까운 수리산에 올랐다. 가는 길에 계곡이 흐른다. 그곳은 아직 오염되지 않아 작은 물고기들이 제법 많다. 깨끗한 물속을 헤엄치는 녀석들을 보

느라 잠시 물에 발도 담가본다. 그때 나도 모르게 나오는
말.

　"저거 잡아서 물고기 조림 해 먹고 싶다"

라디오

고등학교 1학년이 끝나갈 무렵, 입시미술학원에 다니기
시작하면서 라디오를 듣기 시작했다. 내가 듣고 싶어서 들
은 건 아니었고 학원 원장님께서 늘 틀어 놓으셨기 때문이
었다.

그때까지만 해도 조용한 가요 몇 가지를 듣기만 해서 스
피커로 울려 퍼지는 배철수의 음악캠프는 시작부터 시끄럽
고 왠지 부담스러웠다. 알 수 없는 음악을 듣다 보면 머리도
어지러운 것 같고 가슴도 울렁거리고 도무지 그림에 집중하
기가 어려웠다.

그렇게 저녁 6시에 학원에 도착해서 10시까지, 꼬박 4시
간을 매일 라디오를 들으며 그림을 배웠다. 다른 DJ의 방송
도 들었을 텐데 기억에는 없고 오로지 배철수의 음악캠프만
생각난다. 그 프로에서 내가 좋아할 만한 잔잔한 음악들은

아주 어쩌다 나왔고 대부분은 락이었다.

그러다가 대학에 갔는데 수업이 있는 낮 시간 동안에는 조용하던 미대 건물이 저녁만 되면 마치 오징어배처럼 밝아졌다. 1층부터 4층까지 환하게 불이 켜지면서 여기저기서 라디오 소리가 울리는 것이었다. 2년 넘게 들어온 배철수씨 방송은 단골손님이었다.

신기한 건 이제 그런 열정적인 락음악이 시끄럽지만은 않다는 것이었다. 게다가 배철수씨의 독특한 어투와 웃음소리가 이제는 재밌게 느껴지기까지 했다. 그래서 그때부터는 내가 원해서 듣게 되었다.

그렇게 30여 년 가까이 되어가다 보니 이제는 그림과 음악이 함께 한다. 작은 작업실에 불을 켜고 가장 먼저 하는 일이 라디오를 트는 것이다. 밖에서 스케치를 할 때는 못 듣지만 실내에서 그림을 그릴 때에는 좋아하는 방송을 들으며 한다.

그렇다고 모든 라디오 방송을 좋아하는 것은 아니다. 지금은 특별히 정해두고 듣는 주파수도 생겼는데 그것은 나의 음악 성향과 맞는 방송이기 때문이다.

내가 평생을 하기로 마음먹은 길에 좋아하는 음악이 동무가 되어 준다. 마음처럼 그려지지 않는 날에는 애써 칠한 것에 더 진한 색으로 덮어버리며 잠시 흘러나오는 음악을 듣는다. 그러면서 다시 구도를 잡고 선을 그어 나간다.

작업에 몰입해서 한 두 시간을 훌쩍 보내니 어느새 다음 방송이 시작된 지 한참이다. 라디오 소리를 줄여 놓은 것도 아니었는데 조용히 흘러갔나 보다. 그런 날은 생각지도 않게 좋은 그림이 나오기도 한다.

할머니

내가 중학생이 되면서 할머니는 아기가 되셨다. 할아버지의 병수발을 드시다가 허리를 다치시는 바람에 농사일을 하지 못하게 되자 치매가 찾아온 것이었다.

엄마는 치매에 좋다는 것이면 무엇이든 하셨다. 화투가 기억력에 좋다는 어느 사람의 말에 날마다 우리집에 동네 할머니들을 초대하셨다. 엄마는 점심상까지 보시며 할머니께 놀이 친구를 만들어 주려고 애쓰셨다.

그런 엄마의 노력에도 불구하고 정작 할머니께서는 그런 놀이를 즐기지 않으셨다. 당연히 동네 할머니들의 발길은 점점 뜸해졌고 대신 멀리서 병문안차 오시는 친척 어른들이 늘어갔다. 그분들의 첫마디는 항상 똑같았다. "나 누구유?".

그러면 할머니께서는 빤히 보시며 웃기만 하시고 아무 말씀이 없으셨다. 할머니는 하루 종일 누워지내셨다. 밖으로 외출하는 일이 줄어들면서 몸은 말라갔다.

그 즈음부터 엄마는 주말마다 나에게 할머니를 모시고 목욕탕에 들렀다가 근처에 사시는 고모댁에 다녀오라며 보내셨다. 할머니는 내 손을 꼭 잡고 아이처럼 따라나섰다.

빠른 걸음으로 간다면 20분도 걸리지 않겠지만 다리가 약해진 할머니를 모시고 가는데는 1시간 가까이 걸렸다. 집에서 뚝방에 오르는 계단은 중간에서 두어 번 쉬어야 했고, 이어서 나오는 다리는 사고가 많고 차들이 과속으로 달려서 조심해야 했다. 다리 초입에 있는 기둥 한쪽이 부서져 철근이 위험하게 드러난 것을 보며 조심해야겠다는 생각을 한 것도 그 길에서였다.

다리를 건너면 직조공장이 늘어선 길이었는데 그 사이 골목에 새로 문을 연 구판장이 있다는 것도 그 때 알았다. 그 구판장을 알게 되면서 종종 과자를 사러 들르곤 했는데 수 년이 지나서 보니 주인 아저씨와 똑닮은 아들이 그곳에 카센터를 개업해 있었다.

할머니와 걷다 쉬다 하면서 가던 길이 그나마 지루하지 않았던 데에는 몰랐던 것들을 알아가는 재미가 있어서였다.

그렇게 목욕탕에 도착하면 나는 할머니를 아기 돌보듯 하나하나 도와드려야 했다. 다행인 것은 할머니께서 내 말에 잘 따라 주셔서 크게 힘들지는 않았다는 것이다. 탕에도 내가 손을 잡고 들어가자 해야 들어오시고 나가자 해야 나오셨다.

사실 나는 목욕탕에 대한 기억이 그리 좋지 않다. 초등학교 5학년쯤부터 엄마께서 우리 세 자매를 데리고 매주 목욕탕에 가셨다. 막내 동생 챙기시느라 힘드신 엄마는 나와 바로 아래 동생을 매번 때미는 아주머니께 맡겼다. 모르는 아주머니가 때를 밀어주고 머리도 감겨주고 하는 것이 나에게는 썩 내키지 않는 일이었다. 물론 아주머니께서는 아프지 않게 잘 닦여 주셨지만.

그렇게라도 목욕탕에 대한 경험이 있어서 할머니를 모시고 갈 수 있었는지도 모른다. 목욕의자에 할머니를 앉혀드리고 몸을 닦아드리다가 까맣게 딱지가 앉은 욕창을 보았다. 한 자세로 오래 누워있으면 그곳에 피가 통하지 않아서 살이 점차 죽어간다던 그것이었다.

그러고 보니 살결이 흰 할머니의 몸이 여기저기 상해가고 있었다. 살이 빠지면서 뼈가 드러나고 힘줄도 멍든 것처럼 퍼런 곳이 많았다. 그런 곳에 따뜻한 물을 뿌려드리고 비누칠을 해드리는 것밖에 내가 할 수 있는 일은 없었다.

목욕을 마치고 고모집으로 간다. 딸도 알아보지 못하는 할머니께 고모는 따뜻한 저녁을 차려드린다. 그나마 국물에 밥을 잘 말아 드셔서 고모는 좋아하신다. 할머니 모시고 목욕했다며 고모부와 사촌 언니의 칭찬이 늘어진다.

어둡기 전에 할머니를 모시고 집으로 향하는 길. 다시 새로 생긴 구판장을 지나 다리를 건너 계단을 내려온다. 할머니는 오가는 길 내내 아무 말씀이 없으시다. 할머니와 가장 오래 산 내가 그 길을 동행해 드린다.

일기장

　지난 가을 엄마께서 옷장 정리를 하시다가 내 일기장을 발견하셨다며 보내줄지 물어 오셨다. 이미 오래전 결혼하면서 내 것들을 챙겨온다고 챙겼는데도 지금껏 남아있는 것들이 있다니 그래도 고향집에 아직 내 자리가 있었구나 싶어 괜스레 가슴이 뭉근해졌다.

　충청도 유구에 있는 우리집은 할아버지께서 손수 기둥을 세우시고 흙 반죽을 펴 바르신 집이다. 대문에 들어서면 외양간과 곳간이 있었고, ㄱ자로 된 집이 앞마당 한 켠에 있었다. 마당에는 우물과 장독대와 꽃밭이 있었다.

　나는 그 집에서 태어나고 자랐다. 내가 태어나던 날 아빠께서는 마당 우물가 옆에 작은 매화나무를 심으셨다고 했다. 그 이야기에 대해 관심있게 듣고 기억해 둔 시기는 스무살이 넘어서였다. 실제로 그 매화나무를 눈 여겨 본 것도 그때부터이다. 타지에서 학교를 다녀 한달에 한번 정도 집에 내려가면 내방 창문으로 보이는 매화가 더없이 반가웠다.

이런 시골에서 보낸 유년 시절은 엄마께서 찾으셨다는 내 일기장처럼 마음에 고스란히 남아있다. 아마 일기장을 본다면 더 선명해질 기억들이다. 며칠이 지나 소포로 일기장을 받았다.

40년 만에 나를 찾아온 일기가 그 당시 모습 그대로 내 앞에 있다. 약간 색만 바랬을 뿐 찢어진 곳도 없으니 그간 별탈없이 지냈던 모양이다. 편지 같은 것이라면 손에 잡히는 대로 읽었겠지만 날짜가 적혀 있는 일기는 순서대로 읽어주고 싶었다.

스물 다섯 권 정도 되는 노트들을 쓰인 날짜 순으로 놓아보았다. 그랬더니 1983년 3월 22일,

'나는 오늘 학교에서 4시
간에 체육을 나가서 하려
고 했는데 선생님이 현우
랑 같이 교실에 남으라고
해서 남았다'

라는 내용의 일기가 가장 빠른 시일이었고.

'오늘이 바로 조치원에 계신 우리 외할아버
지의 한갑이다. 나도 기분이 좋았다. 그래서

나만 안가고 여기 식구가 모두 다 간다.

나도 가고 싶었지만 멀미를 해서…….

정말 안타깝다. 가고 싶을 정도가 아

니었다. 외할아버지 한갑 축하합니다'

라는 마지막 일기를 쓴 날짜는 1987년 10월 28일이었다.

쓰여진 그대로를 옮겨서 문맥이 어색하고 철자가 틀린
부분도 여럿 있다. 첫 일기는 막 2학년이 되어 처음으로 그
림일기를 쓴 것이다. 교실에서 친구와 남아 손을 잡고 있는
모습까지 크레파스로 그려 놓았다. 그림도 정성껏 색칠하고
글씨도 또박또박 쓰려고 노력한 흔적이 보였다. 6학년 후반
기에 쓴 마지막 일기를 읽으니 차멀미로 항상 고생했던 것
이 떠올랐다. 버스 타는 일은 그 당시 최고의 공포였다.

일주일에 걸쳐 모든 일기를 읽었다. 여기서는 특별히 3
학년때 일기에 대해 이야기하려 한다. 모두 7권이나 되는 1
년치가 노끈으로 묶여 있다. 게다가 겉표지에 노란 색지를
붙이고 그림까지 그려 넣은 것이 여간 야무진 솜씨가 아니
다. 그림 없이 공책 한 페이지가 글로만 채워지기 시작한다.
그러면서 느낌이나 바람 같은 기분이 추가된다. 한창 읽어
가던 중 10월 16일에 쓴 일기를 보고는 지금의 내가 여기까
지 올 수 있었던 원동력이 그 시기에 생겨났다는 것을 알게
되었다.

장래희망에 대한 내용이었다. 일기 중간에 '엄마와 아빠는 내가 의사가 되었으면 좋겠다고 말해도 나는 커서 꼭 화가 선생님이 될 거야 하고 생각했다'라고 쓰인 부분이 있었다.

오래된 시간을 거슬러 생각해보니 내가 그림 그리는 것을 좋아하게 된 시기가 그 즈음 부터였다. 학교에서 돌아오면 혼자인 시간이 많았다. 책상에서 숙제를 하고 나면 못쓰는 종이에 그림을 따라 그리는 것이 좋았다.

시골이라서 학원을 찾아보기 힘들었지만, 마침 집에서 소일 삼아 아이들에게 그림을 가르치시던 분이 계셨다. 나는 선생님 집에 놀러가듯 다니며 그림을 그리기 시작했다. 선생님 아기와도 놀고 같이 밥도 먹었다. 중학교에 가서도 그림을 계속 배웠고 고등학교에 진학하면서 자연스레 진로를 미술로 정했다.

대학에 가니 작업실에 내 자리가 생겼다. 그곳에서는 종종 밤을 새우기도 했고 의자에 앉은 채 잠을 자기도 했다. 공모전에 낼 그림에 열을 올리는 선배들도 보았고 낮에는 없다가 밤이 되면 술에 취해 나타나 작업을 하던 동기도 보았다. 밤새 하얗게 켜진 형광등 아래서 덜 여문 그림들이 그리고 버려지기를 반복하던 시절이었다.

그림을 열심히 배우면 어딘가에 나의 자리가 있을 줄 알

앗다. 순수 미술을 전공한 나에게 돈벌이가 될 만한 일들은 많지 않았다. 첫 개인전을 준비하던 1년여 동안은 자취하던 동네 도시락 집에서 일을 했다. 단순한 육체 노동이 그 당시 생각이 많던 나에게는 오히려 잘된 일이었다.

그 다음에는 공주 국립박물관에서 학예연구 보조일로 첫 사회생활을 하기도 했다. 2004년에 건물을 새로 지어 이전을 하였지만 내가 있던 그 당시 박물관은 1946년에 개관한 역사를 가진 곳이었다. 유물들을 언제든 가서 볼 수 있었고 지하 수장고에 들어가면 직접 만질 수도 있었다. 일이 많지 않아 나는 적당히 눈치를 살펴 정원에 나가 스케치하는 날이 많았다. 그 때 그린 스케치 뭉치가 제법 되는 걸 보면 이미 마음을 먹었다는 의미일 것이다. 예감처럼 나는 그곳에 오래 머무를 수 없었다.

오래지 않아 나는 결혼을 했다. 나에게는 작은 작업 공간이 생겼고 마음대로 다니며 그림을 그릴 수 있었다. 군인이었던 남편을 따라 산간벽지로 거의 매년 이사를 다니게 되면서 그림 소재거리들은 그야말로 넘쳐났다. 집에서만 그려지던 것들이 9년만에 2회 개인전으로 세상에 나왔다.

전시를 한다고 해서 특별히 달라지는 것은 없다. 보러 오는 사람들도 많지 않다. 그래도 갤러리에 걸려져 환한 조명을 받고 전시 도록에 제목과 그린 연도와 크기가 남겨지니 나도 스스로의 역사를 쌓아가는 중이라 생각한다.

　10살에 결심한 화가가 지금 내모습에 있다. 그 길이 무엇을 의미하는 줄도 모르고 다짐했던 어린 마음. 이제는 너무나 많이 알아버린 그 길 위에서 약속을 지켜나가는 큰 마음. 두 마음이 나를 그리게 만든다.

헌 것

물건을 험하게 쓰는 편이다. 활동적인 일을 하는 것도 아닌데 새것이 얼마가지 못하고 헌것이 된다. 이보다 더 당황스러운 것은 주변 사람들이 내가 새것을 샀는지도 모른다는 사실이었다.

신발이 가장 그렇다. 언젠가 겨울 처음으로 앵글부츠를 샀다. 통굽으로 된 검정 구두였다. 그때 잠시 박물관에서 일을 하고 있었는데 그곳에 있던 8명의 동료들 모두 내 새신발을 알아보지 못했다. 물론 바지 밑단에 절반 이상이 가리긴 했지만 새 구두 특유의 광채가 조금이라도 있었을 텐데……. 모두 자기 일에 바빠서 그런 것이라 웃어넘겼다.

그래서인지 새것 보다 헌것이 나에게는 더 어울린다. 헌것이라고 해서 낡은 것만을 의미하는 것은 아니다. 내 몸이 들어가면서 늘어나기도 하고 한쪽으로 기울기도 하면서 나를 닮아가는 것들이겠다.

1시간 전에 산 옷이라도 1시간 동안 내가 입고 있었다면 1시간이나 나를 닮아간 헌옷이고 1년 동안 신은 신발이라면 누적된 시간만큼 또한 닮아간 것이고.

그래서 금방 산 것이 헌것처럼 보이고 누군가 알아보지 못해도 괜찮다. 그만큼 내 몸을 따라 변해준 것이니 오히려 고마운 일이다. 물론 내 몸도 새것에 들어가고 눌리며 자리를 잡느라 애썼을 것이다.

우리의 관계도 이러하지 않을까? 새신을 신은 첫날 뒤꿈치에 생긴 물집을 터뜨리며 따가워하는 일은 아직은 불편한 사이일 것이고. 앞축이 조금 까지고 닳긴 했어도 하루 종일 발이 편한 헌신은 이미 충분한 사이일 것이고.

동네 마트에 가는 길, 언젠가 버리려다 놓아둔 헤진 운동화를 신어본다. 그간 신지 않아 앞이 꺼지고 왠지 차가운 느낌이다. 얼마 되지도 않는 거리를 다녀오면서 옛사람을 떠올려본다. 집에 돌아와 운동화를 벗는데 발이 따뜻하다.

우리 동네

7년째 살고 있는 동네는 이제는 구시가지가 된 도시의 끝자락이다. 조금만 가면 지하철역도 있고 가게들이 늘어선 시내 골목도 있다. 1926년에 정기시장을 시작으로 내후년이면 100년이 되는 큰 재래시장도 역 주변에 아직 함께한다.

그곳을 시내라고 본다면 거기에서 버스로 네 정거장만 오면 우리 동네다. 지은 지 오래된 집들이 대부분이지만 편의시설에는 부족함이 없다. 바로 집 앞만 해도 식당이 3개나 있고 도서관이며 마트, 자전거 도로도 모두 걸어서 5분 안에 갈 수 있다.

내가 이곳에 이사 오면서 가장 먼저 본 것은 고물상이었다. 우리집은 3층이었는데 작은 테라스에 나가서 내다보면 20미터도 채 떨어지지 않은 곳으로 오래된 고물상이 보였다. 양철로 빙 두른 담장은 세월 속에 삭고 부서져 처음 모양을 잃은 지 오래였다.

그곳은 새벽부터 바쁘다. 사장님은 8시가 되어서야 문을 열지만 그전에 모아온 폐지며 고물들을 쌓아 놓은 리어카들이 입구에 장사진을 치고 있기 때문이다.

낮이 되면 고물상 안에서는 로봇 손처럼 생긴 포크레인 같은 기계가 구덩이에 모은 폐지를 움켜쥐어 큰 트럭에 실었다. 직원으로 보이는 남자 두어 명은 하루 종일 망치질을 하면서 쇠붙이들을 뜯어내느라 바빴다. 사장님은 작은 컨테이너 사무실에서 사람들에게 고물값을 kg단위로 치러주었다. 서너 번 헌 옷을 모은 자루를 들고 찾아가면서 나도 고물상 사람들과 안면을 트게 되었다.

동네에 이런 고물상이 있어서인지 다니다 보면 버려진 아기 유모차를 끌고 다니시면서 이것저것 모으시는 노인분들을 많이 보게 된다. 연세도 칠팔십대 되시는 분들이다. 그렇게라도 나와서 걸어 다니신다는 것은 건강이 아직 허락한다는 뜻도 되겠지만, 그보다는 팍팍한 노후가 그분들을 거리로 내몰곤 한다.

그 즈음부터 분리수거 쓰레기 중 고물상에 넘길 수 있는 것들만 모아 한 할머니께 드리기 시작했다. 그 할머니를 특별히 보게 된 데에는 이유가 있다. 우리 집 앞은 큰길이 가까워서 많은 사람들이 오가는 곳이다. 나는 1층 출입구 옆에 화분 몇 개를 내놓고 키우기 시작했다. 무심코 지나가는 사람이 태반이지만 그 할머니께서는 항상 그것들을 바라보시며 좋다고 말씀하셨다. 게다가 말씀하시는 모양이 상대방을 기분 좋게 만들었다.

할머니는 새벽 4시에 집을 나서서 밤 11시가 되어서야 집에 들어가신다. 한 때는 서울에서 화장품 관련 일도 하시고 큰 식당도 하셨다는데 지금 이곳에서는 본인을 혹사시키기 위해 폐지 줍는 일을 하신다고 한다. 과거를 생각하면 마음이 너무 괴로워서 그런 생각을 못하도록 몸을 힘들게 하고 있다고…….

그분의 허리는 여름 볕에 녹는 엿가락처럼 아래로 휘어 있다. 그래서 늘 땅을 보고 가신다. 한번씩 허리를 펴시면 키가 저렇게 크신가 하고 놀란다. 고칠 수 없는 병이어서 통증을 완화시켜주는 약만 드시고 계신다.

내가 드리는 것을 돈으로 환산하면 몇 백 원에 불과할 것이다. 그래도 그분은 꼭 감사의 말을 잊지 않으신다. 다가온 새해 전날에는 우리집 앞에, "Happy new year. 고맙습니다 (항상!)"이라고 쓰신 메모를 놓아두고 가셨다.

동네를 알아갈수록 드는 생각도 많아진다. 새로 건설된 신도시에 살았다면 보지 못했을 사람들. 고층 아파트에서는 보이지도 않는 그들의 일터. 나는 마치 돋보기로 들여다보듯 생생하게 마주한다.

볕이 적당한 주말, 가볍게 차려 입고 고물상 앞을 지나 자전거 도로로 향한다. 얼마전에 구입한 전기 자전거의 도움으로 나는 유유히 흐르는 물처럼 도로를 달린다. 다닥다닥 붙어있는 그들의 집과 움직이는 기계들이 스친다. 돌고 돌아 다시 우리 동네로 들 것이다.

계단에서 그리다

건물 1층 계단 아래가 한동안 내 작업실이 되었다.

큰 그림을 그리기에는 아무래도 제약이 많았다.

그래서 큰 그림들은 가을동안 주차장에 포장을 치고 그곳에서 그렸고

계단 아래에서는 그보다 작은 그림들을 그렸다.

완성한 그림을 계단 벽에 세워 두었다.

하루에도 수차례 사람들이 드나들었다.

2층에 사는 사람들, 택배아저씨들, 음식 배달하는 사람들.

그들 모두가 내 그림 앞을 오갔다.

아무 그림 아니었고 개인전 작품들이었다.

어느 밤엔가는 자다 말고 내려와 그림을 보다가 다시 올라갔다.

자리에 누웠는데 이내 슬퍼졌다.

그림을 단념하지 못하고 이제껏 따라온 그림자 같은 마음이

때로는 나를 어렵게 만든다.

2층에 살던 사람이 물었다.

"그림 그리는게 직업이세요?"

캠핑 전등을 밝히고

라디오를 켜 놓고

접시에 물감을 풀고

한동안 그렇게 그림을 그렸다.

"네. 저는 전업 작가입니다."

밭

밭 구경을 좋아합니다. 처음에는 밭둑을 따라 걸었습니다. 밭둑은 좁아서 잘 보고 가야 합니다. 그 길이 익숙해지자 눈이 점점 밭으로 향합니다. 하나도 같은 밭이 없습니다. 같은 씨를 뿌렸다는데 나오는 이파리가 모두 다릅니다.

아주 오래전에는 파밭을 찾아다녔습니다. 왕겨가 덮여 있는 시골밭이었습니다. 아직 봄바람이 차가울 때였는데 파들이 따뜻해 보였습니다. 나중에는 그것이 파가 아니라 마늘이라는 것을 알았습니다. 그래서 이제는 파와 마늘 싹을 구별할 줄 알게 되었습니다.

돌아다니다가 추우면 비닐하우스에 들어갑니다. 얇은 비닐 한 겹인데도 그 안은 훈훈합니다. 천정에 물방울이 맺혀 있다 바람이 불면 후두둑 밭으로 떨어집니다. 그래서 노지엔 아직 피지 않은 이파리들이 하우스에는 돋아 있습니다.

한번은 무밭 하우스에 들어갔습니다. 그때 너무 목이 말라서 그만 무 하나를 뽑아 먹었습니다. 이빨로 껍질을 대강 벗겨서 먹었는데 물보다 시원했습니다. 이왕 들어선 김에 적당히 앉을 자리도 찾아 쉬어갑니다. 그렇게 하우스에서 몸을 녹이고 다시 밖으로 나옵니다.

겨울 밭에는 시금치와 마늘이 있고 봄 밭에는 고추와 상추가 있고 여름 밭에는 옥수수며 토마토, 호박이 있고 가을 밭에는 배추와 무가 있습니다. 밭은 계절마다 구성지고 알찹니다.

얼마전부터는 나무가 심어져 있는 밭도 눈여겨보게 되었습니다. 집 근처 성지 가는 길에 대추나무 묘목이 심어진 밭을 봐온 지는 3년이 다 되어갑니다. 어린 나무가 어른 나무로 자라는 과정은 그 느낌이 마치 사람을 지켜보는 것 같습니다.

집 주변에 심어진 나무들도 찾아다니고 있습니다. 이런 경우에는 집과 나무를 하나의 풍광으로 바라봅니다. 그렇게 보다 보면 그 주변의 작은 소재들까지도 나무에 어울리는 모습으로 연결됩니다. 이것은 조금 다른 시각과 생각을 요구하기에 계속 연습 중에 있습니다.

나에게 식물이 심어진 땅들은 모두 밭으로 느껴집니다. 누군가가 가꾸고 있다고 여겨서입니다. 그 모습이 재미있어

지금껏 밭을 그리고 있습니다. 그렇게 찾아다닌 것들을 표현함에 있어 이제는 스스로에게 예술가로서의 책임감을 조금 안겨주려 합니다. 내가 그리고 있는 것들을 지켜 나가고 싶기 때문입니다.

목탄

오래전 여름 수양버들을 찾아다닌 적이 있었습니다. 버드나무를 자세히 살펴본 것은 그때가 처음이었습니다. 포물선을 그리듯 늘어져 있는 가지는 보기에도 좋았습니다. 그중 굵고 반듯한 가지를 고릅니다. 어른 손가락 굵기만한 것이면 적당했습니다.

살아있는 나무를 꺾는 일은 생각만큼 쉬운 일이 아니었습니다. 물기를 머금은 수피가 질겨서 금방 잘라지지 않기 때문입니다. 뱅뱅 가지를 돌려서 겨우 끊어내면 시큼한 손바닥에 연한 초록물이 들곤 했습니다.

꺾어온 나무를 20cm정도로 잘라 며칠 그늘에서 말립니다. 날이 좋은 날 해가 질 무렵에 마당에 불을 지핍니다. 송곳으로 구멍을 뚫어 놓은 깡통에 말린 버드나무 가지를 채우고 입구를 막은 뒤 장작불 위에 놓습니다. 불은 서너 시간

타오르다가 까맣게 재가 되면서 새벽이 되면 꺼집니다.

다음날 아침에 재 속에서 깡통을 꺼냅니다. 막았던 입구를 열면 그 안에 들어있던 버드나무가 까만 숯이 되어 있습니다. 타다가 부러진 것도 있고 조금 덜 탄 것도 있습니다. 종이 상자에 하나씩 가지런히 옮겨 담습니다.

이것은 목탄을 만드는 과정입니다. 대학교 1학년이던 1994년 여름 방학 숙제였습니다. 화방에서 사 쓰던 목탄과는 확연히 달랐습니다. 마치 야생동물처럼 거칠고 길들여지지 않은 느낌이었습니다. 천연 목탄을 손에 익히느라 긴 시간을 보냈습니다.

그때 만들었던 목탄은 작은 조각하나 버리지 않았습니다. 30여년이 흐른 지금도 그대로입니다. 그래서 지난 가을에는 그 목탄으로 그림을 그리기 시작했습니다. 오랜만에 손에 쥐여보니 그 여름이 떠올라 뜨거웠고 종이에 그어보니 버드나무 검은 심자루가 밭고랑 같은 선을 냅니다.

남아있던 목탄을 다 썼으니 이제 봄이 되면 잘 자란 버드나무를 찾고 여름이 오면 적당한 날을 골라 두번째 목탄을 구워야겠습니다.

고동

여름이면 할아버지께서 앞 냇가에 자주 드셨다.

반나절이나 허리를 숙이고 고동을 잡으신다.

나도 따라잡는다.

잡아온 고동은 할머니께서 된장을 풀어 삶아 내신다.

나는 얼른 대문을 넘어서

탱자나무로 달려가 굵은 놈으로 가시 몇 개를 꺾어온다.

다 삶아진 고동을 후후 불어가며 빼먹는다.

할아버지는 드시지 않고 고동살을 종지에 모으신다.

다음날 학교에서 돌아오면

고추장에 버무려진 어제 고동이 냉장고에서 나온다.

된장 고동도 맛있고

차가운 고추장 고동도 맛있다.

엽서

    내가 쓴 첫 편지는 초등학교 1학년이던 1982년 겨울방학 때 교장 선생님께 보낸 것이었다. 내 편지를 받으신 교장 선생님께서는,

    '조치원에서 보낸 고맙고 반가운 글 두 번 읽었어요.

    바른 마음은 바른 글씨와 모습으로 변합니다.

    83.2.1 손진하'

    라고 엽서에 쓰신 답장을 보내주셨다. 나는 지금도 이 엽서를 간직하고 있다. 선생님께서는 붓으로 글씨를 쓰셨는데 필체가 참 좋으시다.

    내 편지를 두 번 읽으셨다는 말씀에서는 얼마나 좋으셨으면 별 얘기 쓰지도 않았을 겨우 8살 아이의 편지에 그러셨을까 싶어 감사했다. 하기야 나도 선생님의 엽서를 읽고 또 읽었으니 그것이 편지의 힘이 아닌가 싶다. 며칠이 걸려

우체부의 손으로 전해진 긴 여정이 서로를 이어준다.

바른 마음이 바른 글씨와 모습으로 변한다는 말씀은 평소 선생님의 가르침이신 동시에 직접 바른 글씨를 보여주신 표본으로 남았다. 아마 나도 글씨를 예쁘게 쓰려고 많이 노력해서 보냈을 것이다.

나는 아직 그분의 그때 나이에도 못 미친다. 손녀뻘도 더 되는 어린 나에게 존칭을 쓰시다니 이제와 놀란다. 나보다 어린 사람들에게 어떻게 말해야 하는지도 배우게 되는 엽서이다.

이제는 고인이 되셨을 손진하 선생님의 엽서가 아직 내 마음에는 살아있다.

조치원 에서 보낸 고맙고
반가운 글 두편 읽었읍니요

발로 마음은 바른 글씨와
모습으로 변합니다

(八三. 二. 一)

손진하

걸음

 걸어간 길만큼 다시 되돌아오는 걸음이 그래도 괜찮은 걸 보면, 잠시 쉬어가던 자리와 그때마다 꺼내 들었던 종이와 연필 덕분인지도 모르겠습니다. 봄에는 양지를 찾아 걸었고 여름에는 산길에 자주 들었고 가을이 되자 이곳저곳 가리지 않고 걸었습니다. 겨울에는 잠시 걸음을 아껴 둡니다.

고마운 당신들께

가장 좋아하는 가을과 참기 힘든 겨울을 이번에는 혼자서 지낸 날들이 많았던 것 같습니다. 그러고보니 내가 하는 일들이 지극히 개인적인 것이어서 더 그랬던 모양입니다.

예전부터 그랬지만 나는 무엇에 특출난 재능은 없어도 제법 부지런했나 봅니다. 하루 세끼를 챙겨 먹듯이 매일 그림을 그리고 글을 썼습니다. 글은 낮에 쓰는 것이 좋았고 그림은 밤에 그리는 편이 나았습니다.

이제 나에게 그림을 가르쳐주는 선생님은 길을 나서면 보게 되는 자연이 되었습니다. 특별히 내가 더 애정하는 자연의 모습은 농부의 손이 닿은 땅과 그 안에서 자라는 산물들입니다. 그리고 이들 곁에 오랜 세월 함께하는 나무들입니다.

이제서 되지도 않는 글을 써보겠다고 나선 저에게 글을

215

가르쳐 주신 선생님도 생겼습니다. 그분께 배우다 보니 마치 그림을 배울 때와 흡사하다는 생각이 들었습니다. 마음에 드는 한 가닥의 선이 나오려면 수천 번 그어야 하듯이 좋은 문장도 수 없이 쓰고 지우는 과정이 필요했습니다.

아깝다고 덮어버리지 못하면 대범한 그림이 나오기 어렵고 역시 아깝다고 지워버리지 못하면 대담한 글이 나오기 어렵다는 생각을 합니다. 그렇게 대범한 그림을 한 번 그리고 나면 가슴이 먼저 알아봅니다. 언젠가 그렇게 대담한 글을 쓰게 된다면 가슴에게 먼저 일러줄 것입니다.

그림에 글까지 쓰겠다는 나이든 제자를 선뜻 받아 주신 최연 선생님께 지면을 통해 감사의 인사를 전하고 싶습니다. 선생님이 아니었다면 여기 저기서 깨지다 그만 포기하고 말았을지도 모르겠습니다. 부족한 저를 알아봐 주시고 가르쳐 주셔서 이 책이 나올 수 있었습니다.

눈에 보이는 소득도 없이 바빴던 나를 대신해서 집안일도 거들어주며 무엇보다 늘 믿어주고 지원해 준 남편 박대광 씨, 이제 많이 커서 엄마 하는 일에 관심도 가져주고 작업실에 커피도 타 주고 혼자서들 밥까지 챙겨 먹은 아들 예찬이 예건이 사랑합니다.

글을 쓰는 동안 늘 곁에 두고 필사하며 읽었던 책들이 있었는데 그 책을 쓰신 작가님들께는 제가 그분의 글을 통해 배운 것이 얼마나 많은지 손편지로 전해볼까 합니다.

이제 봄이 되면 그리고자 마음먹은 것들을 찾아다니러 많은 발품을 팔아야 할 것 같습니다. 그때마다 작은 이야기들도 지면에 새겨질 것 같습니다. 혹시라도 길을 걷다가 땅바닥에 주저앉아 무엇인가 그리고 있는 사람을 보게 된다면 저 같은 사람이다 생각하시고 스케치를 구경하셔도 좋겠습니다.

2023년 3월 3일부터 3월 25일까지

다섯번째 개인전을 열다

월하갤러리에서

〈나무길, 가을 오다〉. 장지에 채색. 112X112. 2022

〈나무길, 달리다〉. 장지에 채색. 163x97. 2022

〈나무길, 걷다〉. 장지에 채색. 91x92. 2022

〈나무길, 농부 일하다〉, 장지에 채색, 60x72, 2022

〈나무길, 다리 오르다〉. 장지에 채색. 97x180. 2022

〈나무길, 달 비추다〉. 장지에 채색. 97x159. 2022

〈나무길, 말 쉬다〉. 장지에 채색. 90x87. 2022

〈나무길, 물 흐르다〉, 장지에 채색, 111x180, 2022

〈나무길, 민들레 피다〉. 장지에 채색. 62x150. 2022

〈나무길, 바람 살다〉. 장지에 채색. 90x117. 2022

〈나무길, 빛 차다〉. 장지에 채색. 97x130. 2022

〈나무길, 사과 열리다〉. 장지에 채색. 130x97. 2022

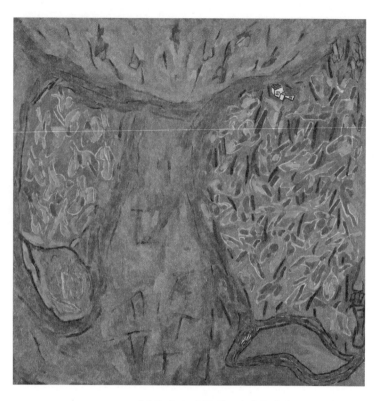

〈나무길, 소리 듣다〉. 장지에 채색. 130x130. 2022

〈나무길, 손 모으다〉. 장지에 채색. 89X130. 2022

〈나무길, 하늘 숨다〉. 장지에 채색. 61X72. 2022

〈나무길. 흙 밟다〉. 장지에 채색. 55X70. 2022

〈나무길, 집 짓다〉. 장지에 채색. 60X72. 2022

〈나무길, 파란 지붕 칠하다〉. 장지에 채색. 90X84. 2022

〈나무길, 우리 놀다〉. 장지에 채색. 111X130. 2022

〈나무길, 이파리 돋다〉. 장지에 채색. 145X97. 2022

왠지 알 것 같은 마음 금나래

'기억이 슬픈 거야.'

그러나 기억보다 슬픈 건,
기억나지 않는 것인지 모른다
아무것도 아닌 이야기들로 웃다가
문득 올려다본 너의 얼굴이
……

연시리즈 에세이 14

"새어버린 미소, 가벼운 끄덕임, 툭 하고 던지는 손길같이"

깊어진다는 것은, 만난 횟수가 아니라 가슴 한편으로부터
뭉근하게 번져오는 온기 같은 것인지 모른다.

우리는 크고 작은 상실을 경험하며 살아간다. 모든 것은 사라질
운명이라는 어느 시인의 말처럼. 그런 것이 삶의 본질인지도 모
르겠지만 그럴 때마다 나는 끝이 보이지 않는 사막에 혼자 남겨
진 듯한 기분이 든다. (…) 어쩌면 나는 당신에 대한 그리움을 입
고, 쓰고, 찾았던 건지도 모르겠다.